孩子们必读的诺贝尔文学经典

夏夜里的人们

【芬】F.西兰帕◎著 彭月明◎译

· 西兰帕卷 ·

北京联合出版公司
Beijing United Publishing Co.,Ltd.

图书在版编目（CIP）数据

夏夜里的人们 ／（芬）西兰帕著；彭月明译 . — 北京：北京联合出版公司，2015.2（2023.2重印）
（孩子们必读的诺贝尔文学经典）
ISBN 978-7-5502-4496-2

Ⅰ . ①夏… Ⅱ . ①西… ②彭… Ⅲ . ①长篇小说－芬兰－现代 Ⅳ . ①I531.45

中国版本图书馆CIP数据核字（2015）第010896号

夏夜里的人们

作　　者：（芬）西兰帕/著；彭月明/译
选题策划：王成国　郎爱民
责任编辑：王　巍
封面设计：尚世视觉
版式设计：许　可

北京联合出版公司出版
（北京市西城区德外大街83号楼9层　100088）
福州俊丰彩印有限公司　新华书店经销
字数120千字　650毫米×950毫米　1/16　12.25印张
2015年2月第1版　2023年2月第2次印刷
ISBN 978-7-5502-4496-2
定价：25.00元

未经许可，不得以任何方式复制或抄袭本书部分或全部内容。
版权所有，侵权必究。
本书若有质量问题，请与本公司图书销售中心联系调换。
电话：010-64243832　4006586676

目录
Contents

第一章 / 1
第二章 / 4
第三章 / 9
第四章 / 12
第五章 / 15
第六章 / 20
第七章 / 24
第八章 / 27
第九章 / 32
第十章 / 38
第十一章 / 42
第十二章 / 46

第十三章 / 49
第十四章 / 51
第十五章 / 55
第十六章 / 60
第十七章 / 63
第十八章 / 68
第十九章 / 71
第二十章 / 74
第二十一章 / 78
第二十二章 / 81
第二十三章 / 83
第二十四章 / 86

目录
Contents

第二十五章 / 89
第二十六章 / 95
第二十七章 / 99
第二十八章 / 101
第二十九章 / 104
第三十章 / 108
第三十一章 / 111
第三十二章 / 114
第三十三章 / 121
第三十四章 / 127
第三十五章 / 130
第三十六章 / 133

第三十七章 / 135
第三十八章 / 139
第三十九章 / 143
第四十章 / 149
第四十一章 / 156
第四十二章 / 162
第四十三章 / 166
第四十四章 / 171
第四十五章 / 178
第四十六章 / 181
第四十七章 / 185
第四十八章 / 188

第一章

　　北方的夏天，夜幕迟迟不肯降临，黄昏久久徘徊不去，暮色在流连中渐渐苍老，即便天色渐暗，也给人难以言喻的明朗之感，仿佛黎明不久将至。迟暮就像一曲舒缓的旋律，悠扬的音符在紫罗兰色的晚霞中愈发轻柔，直至画上短暂的休止符。接着，抑扬顿挫的小提琴声突然划破长空的寂静，大提琴也很快加入了进来。心灵奏响的抒情乐章迎来了自然界的共鸣：密密丛丛的树林里，清朗明澈的长空中充满了莺歌燕语。此时此刻已是拂晓，就在数秒之前，天空依然被苍茫的暮色笼罩。云雀在黎明的曙光中纷纷振翅而翔，它们直冲云霄，尽情欢唱，发出清脆的啼鸣，向林间小巧可爱的雏鸟描绘着高处的风景。它们越飞越高,直至精疲力竭、哑然失声,一头栽了下来,在地面上来回蹦跶。此时天际晨曦微露,旭日初升。

一片又一片民宅临水而筑、依山而傍、依田而居,它们的外形和构造巧妙地融合了屋主人的天性和需求。它们沐浴在清晨的阳光中,看起来和周围的自然景物一样淳朴本真。屋内的喧嚣嘈杂在此时此刻也都归于平静。唯有唧唧喳喳的麻雀在农家庭院和谷仓之间的丁香树篱上独领风骚,它们扯开了嗓子肆意叫嚣,扑簌着翅膀上下翻飞,每只麻雀都想拥有自己在群体中的话语权和在农场中确立统治地位,到头来谁也争不过谁。直到大清早起来干活的老工人马努拖着疲惫的步伐慢悠悠地经过这里,这群吵吵嚷嚷的麻雀才纷纷散去,飞到通往马厩的斜坡上停了下来。

大大小小、各式各样的房屋在寂静的湖畔、连绵的教区星罗棋布,其间零星地点缀着一些教堂和树木葱茏的教会庭院。一辆汽车悄无声息地驶过一条弯度平缓的康庄大道,车身呈优美的流线型,细节之处无不彰显着奢华与高贵。不出几个小时,它便经过了数十座村庄、上百座民宅和不计其数的教堂。所到之处,晨光盈盈洒落大地,默默庇佑着沐浴其中的村庄,守护着即将迎来新一天劳作的人们。不期而至的汽车并未打破清晨的宁静,它拥有从容不迫的姿态与雍容华贵的外表,它低调地现身,经过,又默默地消失在人们的视野里。

房屋仍伫立在原处,其中新建的几所看起来还有点缺少人气。来来往往的人群和住在里面的屋主尚未将生命的喜怒哀乐彻底浸透其中，给冰冷的砖墙带来生机。不过，星罗棋布的屋舍中也不乏百年老宅，有的几近荒废，风雨飘摇；有的则经过一代又一代屋主的精心照看、悉心打理而光鲜依旧，每到水深火热之时，总有一双能工巧匠的手能将它们拯救出来。今年，这样的百年老宅很可能已经过彻底修缮，重新上漆——下陷的石头地基得到修复，门廊的朽木被更换，但它依然古色古香，往日的庄严丝毫未减，高高在上的窗棂俯瞰着历经数百年沧桑的原野。屋檐和门柱的线条、比例依然如故，结实有力的屋架依然可以称得上是精巧绝伦，只不过如今它换上了早该换上的新装……

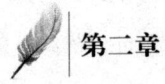 第二章

　　站在湖畔，目之所及处有一片农田，田边生着椴树，树冠层层叠叠，轮廓彼此交错。马努和叙耶迈基的农舍就在对岸树木葱茏的斜坡上，如果对岸有人朝这边张望，他就能将这里的房屋、庭院和周围的景致尽收眼底。夏日的晨光照亮了农田和屋舍，也照亮了屋内的各个房间。房间里挂着纯白色的老式蕾丝窗帘，窗帘并没有什么遮光作用，顶多让洒进来的光线柔和了一些。在这些古色古香的乡村建筑当中，任何一间卧室里都摆放着令人赏心悦目的家具，卧室是个极少被人打扰的地方。如果偶尔登门拜访的客人被请了进来，他会立马感觉到室内的空气当中弥漫着淡雅

清新的味道。散发出这种味道的，或许是那洁白如雪的亚麻布，光洁锃亮的自制家具，或者圆桌上放着的相簿。当客人独自一人留在房里时，他便会不自觉地打开这本相簿随意翻阅，饶有兴趣地欣赏那些令人忍俊不禁的农家生活照。相片里的农夫孔武有力、表情严肃，他的妻子穿着羊角袖衬衫，这样的打扮在三十年前还比较时兴。即便她看起来非常自然，不是第一次穿这种衬衫，她也丝毫不打算掩饰自己的农妇身份，反而彰显了这一点：这位中年妇女已经将数之不尽的黑麦磨成面粉，揉捏成团，烤成面包。这些黑麦都曾经由她身边那位长相粗犷的农夫亲手种下、亲手脱壳。这位农夫即使在照相时也忍不住对着镜头眨巴着眼睛，颇有几分调皮的神色。类似的特征在其他相片中也随处可见。有一张是农夫的儿子戴着学士帽、穿着高领衬衫的肖像照，还有的是全家福，里面所有人都穿着及膝长靴和运动衫。久别之后，在晨光熹微的房间里看着亲人的相片，是件多么美好的事情。一张张熟悉的面孔出现在相簿里，每页相簿通常放着四个人的相片，这些人的身后总是坐着一位22岁的姑娘——一位亭亭玉立的妙龄、窈窕淑女，她已经穿上了睡袍，纤细的身躯优雅地弯着。由于忙碌了一整天，此时此刻的她脸上露出慵懒倦怠的神情。相片的拍摄时间是在傍晚。村里人都睡得早，也睡得深。姑娘的祖母不是说过嘛："卖力干活的人都这样。他们每天为了从土地里获取尽可能多的粮食而用尽了全力。他们的身板和土地一样，令人敬畏。"

不过，村里但凡早早就寝、彻夜熟睡的人起得也特别早，这也是自然规律所在。老工人马努是农场的烧炭人，由于上了一定的年纪，他几乎每晚都彻夜难眠，但平日里依然神采奕奕，每次见了人，他那红润的嘴唇就会挤出一丝调皮的笑容。马努肯定给自己找了个得力助手帮他照看木炭坑①，因为村里人总是见到他很晚的时候在农场里闲逛，大清早又出来忙个不停。鸡叫第二遍之前，他不知对着公鸡说了些什么，反正肯定不是什么好话。当他扬长而去，走向木炭坑的时候，那只公鸡一直对着他的背影怒气冲冲地啼鸣。

太阳升得更高了，仿佛在寻找合适的角度将阳光洒进雪白的蕾丝窗帘，投射到客房里那张结实坚固的闺床上，在安然熟睡的姑娘柔嫩如水的脸颊上轻轻地留下一个吻。片刻之前，阳光爬上了闺床对面的五斗柜和梳妆镜。曾经有许多正处芳龄的少女在这台五斗柜前对镜自照，她们戴着桃金娘花冠，美丽的面庞或白皙如玉，或粉红如脂——每每家中有婚庆喜事，待嫁的新娘就在这间房里精心打扮……如今，太阳看到客房的梳妆镜前多了一两件以前从未见过的小物品，那是姑娘住进来之后放在这里的，她曾坐在台前，用灵巧纤细的手指轻轻地摆弄它们。夏日清晨永恒不变的阳光细细端详着这些陌生的小物品，似乎满腹狐疑，当它转眼看到它们熟睡的主人时，目光立刻柔和了下来。此时此刻拂晓

---

① 根据下文，木炭坑主要通过烧炭来炼制木焦油。

已过、晨露已晞、阳光普照。村子的某处，一座牛棚的大门吱呀一声打开，一头小牛犊在里面哞哞地叫着。成千上万的村庄已然苏醒，新一天辛勤劳作的大幕由此拉开。田间地头、林间湖畔，处处可见熙熙攘攘的人群来回奔忙的身影。

阳光顺着姑娘皎洁的面庞向下流转，倾泻在她纤尘不染的天鹅美颈上（那里的肌肤由于长年日晒而呈现出健康的棕褐色）。它轻吻着她娇嫩欲滴的上唇优美的弧线，拨弄着她娇俏可人的蝉鬓及柔软的棕色卷发，欣赏着她令人爱怜的稚嫩娥眉，轻抚着她白皙如藕的绝美双臂。姑娘的右手托着脸蛋，左手搭在右腕上，纤纤玉指上的每一道纹理、每一片指甲都清晰可见，玲珑巧手完全处于放松的状态。如此恬美的睡姿只可遐想，不可近观。只有天边的朝阳才有这样的特权，可以悄然走近熟睡少女的梦境，伴着她在温柔的晨曦中慢慢睁开双眼。梦醒时分已近早上六点，姑娘每天都在同样的时刻醒来。打从住进来第一天起，她就发现了这一点。那一晚她思绪万千、夜不成眠，静静地躺在床上凝视着恒久壮观的璀璨黑夜。同屋的两个姑娘也醒着，她们在枕边柔声细语地交谈着……

如今三个姑娘依然同村，只不过不在同一个屋檐下。被朝阳唤醒的姑娘渐渐适应了周围的环境，她想起来今天是星期六，这是她每周都会暗自期盼的日子。年轻肌体的生机与活力从彻夜酣畅的沉睡中渐渐苏醒、蓄势待发。她美美地伸了个懒腰，手臂向上伸直，明眸轻闭，柔唇微张。调皮的阳光满心欢喜地钻了进去，照耀着姑娘洁净整齐的皓齿。经过一夜酣眠，昨日的辛劳带来的疲倦烟消云散，取而代之的是发自内心的幸福与满足。

　　她早早地下了床，优雅地宽衣解带，柔软丝薄的睡袍瞬间滑落脚底。姑娘一边心满意足地叹息着，一边利利索索地刷牙洗脸，早起的准备工作做得比以往任何时候都要积极。不一会儿，她便套上了泳装，肩上搭着一件浴袍，小心翼翼地用右手中指轻叩另一栋民宅的窗玻璃。窗帘拉开了，一位酒红色头发的年轻女子探出头来，向窗外看了一眼……没等她反应过来，那位敲打她窗扉的姑娘就沿着湖滨的斜坡一路下行，向着狭长的游泳码头大踏步前进。这条斜坡比较陡峭，低矮的赤杨夹道生长。姑娘任凭轻薄的浴袍滑落到手臂上，远远望去，她好像在哼着小曲，脚下轻快的步伐时不时保持着某种节奏。

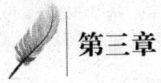 第三章

  对马努来说,早上六点就已经相当于大白天了。从他坐着的煤炭坑那儿可以感受到无数生命的蓬勃气息,各种各样的声音从湖的两岸传来,他那阅历无数、炯炯有神的双眼更是见证着一个又一个妙趣横生的自然景观:奶牛哞哞叫着,等着挤奶工人挤奶。庭院里、门廊上停着不少乌鸦,一扇门砰然打开,受惊的乌鸦号叫着四处乱飞。一只大黄蜂在一朵苜蓿花周围嗡嗡盘旋。马努在想,这家伙的老巢到底在哪里呢?从它那儿捞点蜂蜜也好。他小时候就干过这种事,那时他还在放牛。

  噢,看哪,我们年轻的姑娘又要去游泳了。无尽春光,一人

独享，老工人马努该是有多么心花怒放。况且，在这个偏僻的地方，他那张被油烟熏黄的脸上无论浮现出怎样色迷迷的表情，都不用担心被人瞧见。他几乎漫无目的地围着木炭坑转了一圈，想象着某个坑洞里蹿出了火苗，便铲土填住了它，然后像往常一样，坐在了老地方，从那里可以清清楚楚地看见公共浴室和游泳码头。风华正茂的女子总是那么地美丽，你从她们身上找不到一点瑕疵。看她那轻盈的步态，多么优雅；看她那舒展筋骨的姿势，多么可爱；看她那俯身下水的动作，多么动人。老工人马努的脑中充满了邪恶的念头：爬近一点吧，到湖滨的赤杨林中去，悄悄地……噢不，我到底在想些什么呢！真是个老糊涂！马努又气又恼地抡起铲子，填上了一个坑洞……姑娘已经下水，她仰躺着漂浮在水面上——每每想到她可以保持这样的姿势，我就会……她总是对人那么友善，那么讨人喜欢，那么完美无瑕……对于马努来说，时光永久地停留在了那一刻：她温柔地搂住了他的脖子，玉指素臂轻轻地搭上他的双肩，丝毫没有嫌弃他这个糟老头的意思。

　　农场主的女儿——酒红色头发的姑娘也来了，她在游泳码头的台阶上迟疑了一会儿，最终还是跳下了水。两人像睡莲一样轻松自如地浮在水面上。有时她们仰躺着，美丽胴体暴露无遗，身上的水珠反射着阳光。有时她们将身体没入水中，只剩下脑袋在水面上浮沉，看起来就像溺水了一样。老工人马努着实享尽了眼福。

游完水的姑娘先后上岸，纤纤玉体就像出水芙蓉一样柔软娇嫩，湿透了的泳衣就像海豹皮一样光滑闪亮。她们甩着胳膊走着，从马努这个角度看，她们仿佛一丝不挂，姣好的身形与波光粼粼的湖水相映成趣。接着，姑娘们进了澡堂，拿上浴袍准备离开。她们沿着码头并排走着，像两只小马驹一样步态轻盈，彼此不看对方。马努看着她们离去，浅色的浴袍渐渐消失在密密丛丛的赤杨林中。

　　一种怅然若失的感觉油然而生，他开始感觉到有点累了。

第四章

即便在北国,即便在这个时节,大自然的色彩依然变化多端,同时又不失和谐。无论这样的和谐因何被打破,大自然总能因时制宜地采取多种手法使万千色彩水乳交融。站在户外,首先映入眼帘的是灰砖红瓦白屋墙,毕竟人们第一眼看到的总是房子。接着触目可及的便是萋萋芳草,遍地绿荫。时值七月初,随着太阳渐渐西斜,西北的天空被晚霞染成金色,昭然预示着黄昏将至。湖区碧波万里,延绵不绝,狭长的湖水时而分叉成细小的支流,在一块又一块树木葱茏的三角洲上留下割痕。虽然天静无风,湖面却不时泛起细碎的涟漪,使湖水更显幽蓝。星星点点的木筏子在水面上悠悠飘荡，要是能选个位置好点的瞭望台登高远眺，一次就能看见四五只筏子，它们是用来运送木材的，甲板上有绞缆机和舱室，舱室里炊烟袅袅。天空的颜色含混不清，只有西北角密布着晚霞而呈现出明显的金色。除非天上群星璀璨，否则人们一般不会想到抬头望天，因为他们心系大地。大地上斑斓的色彩、纷繁的气味、万物的沉寂、律动的生命时刻牵动着他们的心绪。

斑斓的色彩随处可见，纷繁的气味却主要来源于风情万种的嫣花芳草，各种各样的鲜花有的蓓蕾初放，有的娇艳盛开，有的已然结实。同样的花草在一个月前给人的感官感受却有些许差别。山坡上有一座小农舍，农舍后面有人抡着长柄大镰刀在田间收割。手起刀落，枯萎的禾茬和干燥的秸秆散发出令人忧伤的气味。过路的人闻到这气味便不难想到，在接下来的一周里，不出周三，家家户户都会投入到热火朝天的干草制作当中。相比之下，繁荣生长的植物是无忧无虑的。在这薄暮时分，湖畔的苜蓿花海静静散发着馥郁的甘香，朵朵娇花争相吐艳，花粉颗粒漫天纷飞。

苍茫大地上的各个角落都有人观察着自然界的万千气象。虽然天色朦胧黯淡，但当你独自一人抬头望向渺远的天空，再回过头来环顾周围的世界时，心境便已迥然不同，仿佛你已从那无尽的渺远空阔当中看透了什么，视野也变得更为宽广。远处，叙耶迈基家的佃农亚尔马里正在他租来的牧场上来回踱步，心里琢磨着今年的牧草会不会不够。多下点雨吧，又不会死人……泰利兰塔家的老爷是个皮肤黝黑的农夫，今年55岁，年事已高却老当益壮。此时此刻，他正在自己的田地上徘徊，无论下雨天晴，他都打算用自己那份安详乐观的人生态度泰然处之：晚上下雨对干草没什么影响，但肯定能给裸根植物和田间作物带来久违的甘霖；就算滴雨不下，他的作物也有足够的耐性可以挺过连日的干旱。照目前的趋势看，接下来的一周铁定不会下雨，日照时间连续而漫长；干草一定会晒得非常干燥，上面会留下阳光的香味，口感一定特别好，他都能想象到牛吃干草时的那副惬意模样。等到时机成熟，他就会把田里的禾秆割下来，这些禾秆从未经过雨水的洗礼，最适合制成干草……

筏运木材的水手和游荡在乡村十字路口的农场年轻雇工便没有这样的忧虑。他们只是安于现状地生存着。公路上的灰色尘埃即便没有被风吹起，也散发出令人熟悉的味道，吸引着旅居他乡的游子再次踏上冒险的征途。这是一条人人都有权自由驰骋的康庄大道，路旁生长着欧蓍草和牛蒡。公路在某点分叉成四条大道，每条道路旁边都竖着一块指示牌，上面写着城镇名和里程数。对于那些一边周游四海，一边在农场里打零工的人来说，这些城镇名和里程数就像诗一样美好。它们被人以各种颜色的油漆漆在指示牌上，告诉漂泊的游子每一条路通向何方。通常这些地方他们都去过，即使没有，也能随时前去造访。

 第五章

在薄暮柔和的光线下,即使是梅泰莱家破败不堪、灰头土脸的农舍也显得宁静祥和,甚至独具魅力。农舍位于树林边缘的小路旁,离村庄很远。梅泰莱–尤卡就住在这里,不过目前只有妻子桑特拉和孩子在看家,尤卡自己则牵着马在外地打工,他主要靠筏运木材为生,工作的地方离家很远。

林间隐隐约约有条小径通向他的农舍;夏天,这条道上偶尔会有行人来往,但不会有人骑马或者驾车经过这里。其实,平日里这条路上几乎杳无人迹,只不过到了冬天,村子里的农民会跑到林子里来砍树、运送木材。如果他们某天傍晚忙着干活的时

候,恰好经过这里,看见梅泰莱家的小农舍就处在这样一片僻静的开阔地上,空地四周环绕着砍树留下来的木桩,就会觉得这样一番景致倒也别有风味。小径两旁都有建筑物,梅泰莱家的农舍也离得很近,到了冬天,运送木材的雪橇很容易偏离路面,撞到农舍上去,每到这时,坐在另一辆雪橇上的年轻雇农就会狡猾地露齿一笑,他脸上冻得通红,隔着雪橇远远地冲着同伴大喊:

"别离桑特拉家门口那么近!"

不过,现在林子和小径之间多了道灰色的木门,门虚掩着,看起来疏于打理、破败不堪,仿佛废弃了一般。门后面堆着一些行将腐朽的剩余木材。小径本身倒是出奇地宽敞,两边各有一道年久失修的围栏,围栏上覆满苔藓,看起来就像饱经沧桑的路标。

但是,在这样一个宁静祥和的午后,有谁会去在乎这些令人不快的小细节呢?暖春时节潮湿松软的泥土地到了夏天已经干燥得不成样子,作为补偿,土壤里钻出了许多酸模和甘菊,酸模苍翠繁茂、甘菊清气怡人。它们长势喜人,丝毫不会因为附近木材采伐量巨大而受到影响。但凡在此漫步的人都会感到心旷神怡,况且此时夜深人静,一轮巨大的红色圆月从小径南端升起,良辰美景俱在。在一年的这个时节,月亮只是当空高挂,并不会将银光洒落人间。但是,如果你到农舍的墙边驻足而观,或者在主卧室里凭窗而望,就会发现月亮似乎离你更近了一些。主卧室的窗户很容易就能从外面踢开,但这种窗户谁愿意去踢呢,只要稍事驻足，欣赏一阵子就已经其乐无穷了。窗框没上油漆，玻璃上呈现出蓝色的阴影，甚是奇怪。最为奇怪的是玻璃后面的窗帘，它好像在那里挂了很多年，无论严寒酷暑都不曾取下。帘布老旧不堪，上面有许多破洞。这块布原本挂在一个窗框更大、装潢更好的房间，而不是在这间濒临泥路的主卧室，但它遮光效果很好，历经多年沧桑却始终如一。窗帘紧闭的窗扉更显神秘，如果外面有人走近，透过帘布上的破洞往里窥伺，就会发现室内漆黑一片。夏日的阳光即便在柔和温馨的薄暮时分，似乎也未能透过窗帘，洒入室内。即便它想这样做，也有心无力。或许在盛夏太阳最毒的时候，阳光曾试图一鼓作气，穿透窗帘，但却发现卧室对面贮放柴薪的木棚挡住了去路，只得屈身俯就，洒到卧室后面的空地上，炙烤地上的顽石，穿透丛林深处氤氲的雾霭。一年夏天，一位沉默寡言的男子沿着林间小径来到农舍，他对着贮放柴薪的木棚画了张速写。木棚的门槛早就一分为二，因为主人家把它拆了当切菜板使。男子在庭院里坐了一阵子，找主人家要了点牛奶，喝完之后就径自沿着小径离去，走的时候还特别留意了一下卧室的窗户。农舍里的孩子们注意到了这一点。

从梅泰莱家的农舍里出来，行走在夏日的乡野小径上，路越走越宽，视野也越变越开阔。乡野小径很快变成了砂石路，路边的农舍也都刷上了油漆，这些农舍的卧室里装了不少窗户，每扇窗子都很大，上面挂着两块窗帘，窗帘的宽度不足以遮蔽整扇窗户，只能将中间那块地方暴露在外。窗帘花纹精美、完好无损，只是侧边像被狗啃了一样,这一点倒是跟梅泰莱家里那块遮住了整扇窗子的破布没什么两样。窗台中央放着一盆天竺葵,红色的天竺葵在户主女儿的精心照料下灿然盛放,随时准备将浓浓暖意播撒到每一位过路人的心底。看到这些花,人人都可驻足观赏,乃至欣羡无比,只要不把它们据为己有就好……另一座农场与之类似,规模却无与伦比,庭院里有丁香花环绕的凉亭和花园秋千。过了这座农场就是一个十字路口。路口前方又变成了贫民区:房子简陋而破旧,家家户户的农田聚在一起,看不出哪片农田属于哪户人家。如果你愿意,可以从碎石路拐进一条小道,沿着路面上的车辙前行,过桥,直到再次找到一条宽敞的大道。

当一个人在夏日里四处闲逛,在砂石路和乡间小径上七拐八拐,最后到达的地方要么是泰利兰塔家的农舍,要么是一水之隔的林间小筑。马努的农舍、阿尔维伊纳的棚屋、叙耶迈基的小农场都在那里。

时值周六,夕阳下可以看到一名男子从远处走来,那便是梅泰莱-尤卡,他正打算去湖边筏运木材。如果你以为他是千里迢迢从家里赶回来的,那就大错特错了,尤卡不是那种顾家的人。他去了别处,这会儿正沿着林间的土路走回湖边。他一边走,一边咒骂着该死的路况。这条路年久失修,不到万不得已,根本不会有人来走。虽然现在是一年中最干燥的季节,路面上还是坑坑洼洼地积着水,水坑里可以看到母牛的蹄印,积水散发着腐臭的气味。虽说腐臭的积水令人反胃,但空中有一两只小巧可爱的浅色蝴蝶正蹁跹起舞，焕发出蓬勃的生机，令人眼前一亮。路边的凤尾草密密丛丛，就像无数从阴影中伸出的小手。尤卡脚上那双硬邦邦的高筒靴上沾满了淤泥，两天后他把靴子从粗壮的小腿上拽下来时依然如此……他现在是个无所事事的醉鬼，走路重心不稳，晃晃悠悠，总是会不小心踩到路面上最烂的泥坑，即使他注意到这些坑，也会不由自主地踩上去，事后免不了发一顿牢骚。

他一屁股坐到草丛上，草丛太蓬松，害得他直接四脚朝天地跌坐在地上。有那么一会儿，他一直保持着这个非常不舒服的姿势，两眼直勾勾地盯着对面蜿蜒曲折、稀稀拉拉的杜松灌木——他又想起自己已经很久没回家了，感觉桑特拉就像在某处盯着他似的，目光冰冷如剑……他对自己总是在意这件事情非常恼火——别胡思乱想了，尤卡！赶紧起来，准备走人！

 第六章

　　一辆轿车赫然停靠在泰利兰塔家门口的车道旁,它不远万里来到这里,沿途留下深深的车辙。它在路边巍然不动,仿佛在维护自己高贵的血统。自打周六黄昏悄然而至,它已在此停留一宿。一般要是有车开进这样一块绿草茵茵、村舍环绕的乡野空地,停上一两天是没有问题的。

　　这辆轿车看起来来头不小,停在这样的穷乡僻壤未免有些不协调之感。它魄力十足,却又不失优雅,仿如刚柔并济的飞燕,就连最粗鲁的夜贼都无法伤它分毫。到了白天,尤其是在这样一个悠闲的周日,好奇的村民纷纷凑上前来,驻足围观。轿车沐浴

在阳光下，散发出一阵淡淡的、独具个性的气味；色调温暖、流光溢彩的金属车皮，雍容华贵的车内装潢，优质高级的车用燃油——所有的一切都如此完美，这便是豪华轿车应有的风范。这样的奢侈品是穷乡僻壤的凡夫俗子一辈子都无法企望的——连它散发出来的气味都不属于他们……很不幸，他也是其中的一员。既然没钱又多得是时间，何不好好在空车周围转悠一圈，一饱眼福。车主和司机或许正在别处休息，也可能在散步。在他们回来之前，他可以气定神闲地好好欣赏这辆车，要是这个出身卑微的农民能从车子的规模和做工看出它造价不菲、卓尔不凡的特性，他的艳羡之情一定会变得无以复加……等他享够了眼福，便转身离去，沿着坡道一路下行，向他停在湖边的那艘小船悠然走去。

到了湖边，空气中弥漫的气味和车道上的截然不同，他默默陶醉在其中，自己却浑然不知。他深吸一口气，用心感受着湖畔丰富多彩的生命气息：湖水味沁人心脾，却又难以捉摸，盈盈秀水滋养了太多的生灵；芦苇的气味则相对单纯许多；焦油味呛鼻难闻，却又令人熟悉；船底也自有其特殊的气味，它与船上捕来的鲜鱼发出的腥味交织在一起……这些才是老实巴交的划桨人能够拥有的气味。当他坐回船上，准备划桨时，一不留心晃了下神，想起自己先头在车边转悠时，曾试图用力拉开紧锁的车门。而现在，湖边纷繁的气味将他拉回了现实，他荡起双桨，悠悠起航。

前方有艘船从运送木材的筏子那边驶来，似乎打算去泰利兰塔家。他兴致勃勃地上下打量着它。这艘船速度很快,船员四桨并划,桨架咯吱作响。估计他们是要去泰利兰塔那边取奶。"现在已经这么晚了吗?都到了挤奶时间?"他不由心生疑惑,不敢相信自己竟然不知不觉游逛了那么久,然而事实就是如此残酷……一丛黑麦赫然生长在岸边的陡坡上,虽然从船上看,太阳已降落到跟麦穗齐平的高度,但天色依然非常明朗……

划桨人四下看了看。泰利兰塔家和树林之间有一片开阔地,开阔地上有一道狭长的车辙,通往远处的小农场。在一年的这个时节,小路旁边繁花盛开,泥土表面又干又硬,即便在湖心的小船上,划桨人都能远远看见路面深深的车辙。他可以清楚地看见路上有两个人相伴而行,一男一女,分别走在路的两边。女的年轻漂亮、举止优雅,穿着清新的亮色夏装——这个人他认识;男的也很年轻,看起来身材很好,显然,他是乘坐停在泰利兰塔家门口那辆豪华的黑色加长轿车进村来的……

湖对岸,一位佃农正巡视着他租来的草场,由于连日干旱,他对今年的放牧条件忧心忡忡。草场规模较小,几乎没什么树木,放眼望去只有零星的几棵细长的白桦和几簇杜松灌木,灌木丛就像杂草一样毫不起眼。东家已经允许他将草场的规模缩小,草场前面便是他自家拥有的一小块耕地。妻子来到他身边,她没戴帽子,穿着宽松而清爽的棉衣。棉衣是自己做的,宽松的剪裁正适合她目前的体形。虽然临盆在即,她依然敏捷地来回奔忙,没怎么在意不时来袭的阵痛。奶牛依然躺在地上,还没睡醒。女人没看自己的丈夫,径直走到奶牛旁边,手指在牛的口、鼻等处来回查探。

"它还没反刍呢。"女人对丈夫说。后者已经走到她身后,一副不知所措的样子。无论是奶牛还是它的女主人陷入病痛或水深火热之中,他都无能为力。

"我们必须做点什么,不过现在还不到看兽医的时候。我先去跟泰利兰塔太太商量一下。"

"现在就要走了吗?"她丈夫问。

"是啊,要不然呢?"她反问。

没过多久,亚尔马里便看着妻子希利亚划着细长的棕色小船向泰利兰塔家的农场驶去。碧湖如镜,倒映着小船的幽幽倩影。佃农亚尔马里很快忘记了奶牛的痛苦,他站在那里,看着妻子渐行渐远,暗自陷入了沉思。

这是一个风光宜人的夏日黄昏,再过几天,人们就要纷纷出动,制作干草了。画家也出来划船,毫无疑问,他像往常一样一边划着,一边观赏着两岸的农场和山坡。他看见希利亚的船似乎慢了下来,便把自己的红底白船摇过去跟她说话。他想画一幅希利亚给孩子喂奶的画,但被后者直接拒绝了,她告诉他,想也不要想。

亚尔马里朝农舍走去。炎炎夏日,在这个天朗气清的星期天,孩子们在屋子里从早上一直玩到了现在。

 第七章

迟暮时分,一对年轻男女(这便是第二天黄昏划桨人在泰利兰塔家后面的开阔地上看到的那两个人)离开了屋子,在乡野小道上悠然散步。其中那位年轻女子本是泰利兰塔家的亲戚,这次是来乡间度假的。她和身边的男子是她的朋友,去年冬天,他们在远方的一座城市邂逅、相识。这个夏天,他驾车旅行,向着这座村庄一路驰骋,为的就是在这里遇见她。今年春天,他偶然提出要来看她,而她半推半就。这种无心的承诺在漫长的夏日很快就会被淡忘,至少对海尔卡来说是如此,她已经忘记了他们之间的约定,又或许,她是在假装,但阿尔维德并没有忘记。毫无疑

问，海尔卡虽然表面上装出一副满不在乎的样子，内心里却在乎得要命。当她看见那辆熟悉的轿车从土路拐到车道上来时，眼里立刻放射出喜悦的光芒，她甚至不打算别过眼去，掩饰内心的欢呼雀跃。对海尔卡来说，这个夏天恬适而美好。她在乡间过着简单的生活，自得其乐地干着农活，心无重负。尽管粗重的农活有时会令人疲惫，但在这样的过程中，她能感觉到身心的力量在与日俱增。等车子慢慢驶近，她终于可以透过挡风玻璃看清楚车里的人，这是一个文质彬彬的成功人士，他看着她，一副笑容可掬的样子。她知道自己原先的猜测应验了，那一刻，仿佛所有的事物都变得焕然一新。夕阳西下，柔和的色彩和纷繁的气味给人以安静、甜美的感觉。这种感觉透过肌肤和感官，一直渗透到她心里。

这天黄昏，海尔卡内心充满了甜蜜，虽然表面上不动声色，但她顾盼生辉的眼神、神采奕奕的面庞还是出卖了她的心思，明眼人一看便知，尤其是她的表姐塞尔马，她忧心忡忡，害怕表妹受骗。塞尔马的父母也注意到了海尔卡的变化。二老是泰利兰塔家精明强干的一家之主，虽然他们的女儿已年近二十，长大成人，且更为沉默寡言，但二老依然强势（这一点人们闭着眼睛都可以看出来）。阅人无数的他们虽然注意到了海尔卡的改变，但是表面上装出一副若无其事的样子……他们太了解海尔卡了。

周六的黄昏，夜幕从未真正降临，坚固的台阶、花园里的秋千、巨梯的横木都一目了然，可见度与白天并无二致，室外也没有降温。就连祖母也坐在自家小屋外的台阶上,像往常一样和左邻右舍唠嗑。当海尔卡催她睡觉的时候,她说:"我当然会去的,不过睡太早的话,到时候还是会被你吵醒的。"海尔卡住在泰利兰塔家的时候,跟祖母睡一间屋子,大多数时候也在那里吃饭。在这样的夏日,吃饭的地点都是随性决定的,有时候一家人都聚在祖母住的偏房里,有时候他们在主屋里聚餐。

等到天色较晚的时候,泰利兰塔老爷便会挽着妻子的胳膊走出来,告诉孩子们该去睡觉了,话语中透出长辈的权威。孩子们静静地看着他们,眼神里充满了敬畏……不过,祖母是不受命令约束的,她仍坐在台阶上,岿然不动——于是所有年轻人也都没有进屋。等到祖母最终回屋就寝,她也丝毫没有强迫孩子们早睡的意思,只是轻轻地提醒孙辈们,该睡了。语气和蔼而直接。她说着当地的方言,让人备感亲切和熟悉。什么话从老人嘴里说出,都像一部完整的家史。

不过年轻人还是想在外面待多久就待多久,当然,她们还是会把祖母的话放在心上,因此自有分寸。

 **第八章**

　　梅泰莱-桑特拉并不期待丈夫回家度周末。自从今年春天外出打工以来，丈夫只回过一次家。而且这次团聚也没有给她带来多少欢乐，唯一让她稍感欣慰的是，他好歹带了点钱回来。实际上，丈夫那两晚待在家里并不好受。桑特拉的大儿子沃尔玛里，也就是她结婚前和另一个男人生的孩子，那天刚好回来了，他跟继父的关系从来就没有好过……到了星期天正午，沃尔玛里便离开家，继续闯荡他的世界去了。多年来，他一直四处漂泊，只有等自己稍微闯出了点名堂，可以衣锦还乡、肆意炫富的时候，才会回家一趟，这一点跟他那位不知姓名的生父倒是有得一拼。他

的母亲桑特拉每每回忆起当初怀上这个孩子、乃至最后把他生下来的时候，心里总是会涌上一阵苦乐交织的酸楚。丈夫不在的时候，她有时会注意到自己其实已经被这个家庭深深地绑住了，一辈子也别想脱离开去，这样说虽然很奇怪，但事实的确如此。每每想到这一点，她的脸上便阴沉沉的，一副自我讽刺的表情。屋子里有几个小孩在玩耍，他们那没出息的父亲此时此刻正大踏步走下门前的小路，他生的人高马大，走起路来有点内八字，步履十分沉重。桑特拉待在家里干她的活儿，连不谙世事的孩子们都能从她的脸上读出些许不对劲。父亲在家或者在外的时候，这副表情不会在她脸上出现，但每当父亲沿着门前的小路慢慢离开，或者到了周六傍晚可能会回来的时候，母亲便显得不太正常。其余时候，她还是他们熟悉的老样子。

　　桑特拉个子很高，骨架宽大，虽然硬朗的轮廓在她的双肩、颊骨、下巴、手肘等部位随处可见，但岁月的风霜并未将她从小到大与生俱来的女性魅力减损分毫。有时她步履轻盈，沿着夏日的乡间小径款款而行，手里提着东西，累了就百无聊赖地坐下来歇息；有时乡里的醉汉厚着脸皮跟她打情骂俏，她也能聪明地顶回去。言行之间处处彰显着成熟女性的优雅风范。即便她迷人的嘴角总是挂着一丝苦楚，清澈的眼神总是透出些许哀伤，任何人只要看到她，就能从那丰润的朱唇、澄澈的双眼当中感受到一种原始的魅力。这种感觉或许是稚气未脱的少年所无法体会的，只有成熟的男子才懂得欣赏她的妩媚。今年夏夜，她将近三十五岁了，风华正茂，光彩照人，在柔美的夜色中成了一道亮丽的风景线。而在这样的夜色中，任何一名男子，无论长幼尊卑，内心都会变得静如止水，况且现在已经过了春天农忙的时节，也不需要着急制作干草，接下来几周可以忙里偷闲，好好休息一阵子了。

在梅泰莱-尤卡的眼中，老婆不过是个普通佃户家里任劳任怨的母马，实际上他们之所以结婚，也是拜他人所赐。那时父亲已经去世，耕田的任务自然落到了他身上。尤卡年轻的时候，从来没有交过女朋友。每次参加舞会，他总是站在门边，尽可能与舞池里的姑娘们保持距离，除非他事先灌了几口酒，能够壮起胆子邀她们共舞。可以说，由于生性害羞，他索性顺水推舟，从不踏进舞池。他总觉得，堂堂一个男子汉，站在那里手舞足蹈的，实在有些不成体统。一般来说，梅泰莱-尤卡只会无精打采地站在舞池边缘，对着跳舞的人群大声号歌。很少会有姑娘走上前来，把他拉进舞池，不过这种稀奇的事情偶尔也会发生。那年夏天就发生过一次，那时他作为谋反犯刚刚刑满出狱，等到他恢复了往日的体魄和神采，便去了马哈纳拉家里参加工会举办的一场舞会。科尔科迈基-桑特拉走上前来，把他拉进了舞池，两眼直勾勾地望着他，仿佛在问：老修女涅米宁说的那些事情究竟是不是真的？

老修女涅米宁生着一张巧嘴，是个喜欢拨弄口舌是非的大妈，尤卡和桑特拉之间的孽缘便是因她而起。对此，她一直引以为豪，虽然她所起的作用，不过是在两人之间时不时散布了一点闲言碎语。桑特拉与尤卡共舞之后，便带他去了自己的闺阁，彼时，尤卡已经开始从微微的醉意中醒来，但当他发现桑特拉想要做的事情后，酒劲又上来了。当他们挽着胳膊，慢慢走近桑特拉的东家所在的农场时，他开始装醉，嘴里小声咒骂着一些吓人的话。桑特拉安慰道，农场里不会有人注意到他们的，就算全农场的人站在门廊里看见他们走在一起，也不会有一丝一毫的在意。但是在尤卡的思想观念里，艳遇之后，跟着一个姑娘进她的闺房比独自一人站在舞池边缘号歌好不到哪里去，但凡成熟的男子在头脑清醒的时候，决不会做出这样的事情，即使做了，也必定心中有愧。

等到第二天早晨，尤卡准备穿衣服走人的时候，桑特拉对他说："你得娶我。你知道，这是规矩。"

于是尤卡老老实实遵守了规矩，他很快就学会了大大方方地走进桑特拉在东家那里租住的小阁楼，不必再像以前那样，被孩子气的羞怯束手束脚。不过，纸包不住火，他每次去找桑特拉时，村民们都看在眼里。等到夏天过去，天气越来越冷的时候，桑特拉在阁楼里住不下去了，小两口不得不在教堂里张贴结婚预告①，名正言顺地住在一起，要不然桑特拉就得搬到农场用人住的房间里过集体生活了。这时候，她的东家也把藏了很久的心里

---

① 基督教习俗，两个人结婚前，在教堂张贴预告，围观者可对这项婚事提出异议，防止无效婚姻的发生。

话吐露了出来，他说，当初要不是看在她和梅泰莱可能会结婚的份儿上，他早就把她轰出去了，他可不会允许关系不清不楚的一对男女在自家屋檐底下行苟且之事。于是尤卡正式晋升成已婚男人，家庭生活很快变得平淡如水，就像现在这样，无论夏天的夜色多么美好，也不能在他心中激起任何波澜。尤卡已经不像以前单身的时候那么害羞，但他对桑特拉没什么感觉。他只是个普普通通的男人，靠着家里一匹老马谋一份勉强糊口的职业。他郁郁寡欢、冷漠无情，除非有足够的酒可以喝。这一点跟以前参加舞会时没什么两样。只有酒能够让他变得和往常一样，只不过到了最近，就连这一点也成了奢望。如今，他外出打工的地方离家里越来越远，有时他喝得烂醉如泥，性情变得非常暴躁，看什么事情都不顺眼。尤卡上一次回家还是在一周前，那时正值周六傍晚，刚到家那阵子心情还不错，毕竟他大老远地从工作的地方跑了回来，桑特拉和孩子们也感到意外。桑特拉那时候正在为东家酿麦芽酒，东家还是以前那一家，也是她当年把梅泰莱拴住的地方，只不过那里现在换了个年轻的新主人，这位新主人在结婚之前，就已经对桑特拉的手艺仰慕已久。

 **第九章**

叙耶迈基-亚尔马里在等待中备受煎熬,他在牧场和农舍之间来回踱步,时不时跑到牧场上向河对岸的泰利兰塔家张望。最后,他终于看见希利亚跟泰利兰塔太太走了出来,她们上了一条船,似乎就谁来撑船的问题发生了小小的争执,最后,希利亚坐上了划手座。亚尔马里赶紧跑到河边迎接她们。

"我在想,到底是谁最需要帮助呢。"希利亚说着,意味深长地看了她丈夫一眼,后者立马变得焦虑不堪。每次遇到什么事情,他都是一副六神无主的样子,希利亚已经见怪不怪了。

"要不要我现在去找人来帮忙?"

"一会儿再说吧。"希利亚说着，便和泰利兰塔太太向牧场走去。

对一个佃农来说，孩子快要出生的那段时间总是令人担惊受怕，整个过程甚至可以用痛苦来形容。由于村里交通不便，万一找不到人来帮忙接生，麻烦就大了。好在现在这个季节，路面至少比较干燥。放在春天冰雪消融的时候，路面可能会变得泥泞不堪，根本无法走人。

现在的天气无疑对小两口比较有利。尽管如此，对叙耶迈基夫妇俩来说，每次生孩子都是一次全新的冒险。论及分娩过程中的各种意外，就连经验最丰富的大户人家也难以幸免。

当两位女子在牧场查看奶牛的状况时，亚尔马里待在农舍边看着。没过多久，他就看见泰利兰塔太太急急忙忙地向他走来，希利亚在后面慢慢地跟着。

"你最好现在就去找人，亚尔马里。你知道哪里可以借到马吗？"

"他们跟我说可以去奥利拉那里，附近其他地方基本没戏……那就这样，我马上就过去。你能在我回来之前一直守在这儿吗？你要是有这个时间就好了，你知道，就连阿尔维伊纳好像也不在家，虽然我有事先跟她说过，让她……"

"行了行了，我会守在这里的，你赶紧去吧！"

夕阳西下，天色依然明朗，只不过相比仲夏时分的暮色要柔和了许多。灌木丛中的小路一直向下延伸到沼泽般泥泞的牧场，空气中散发着潮湿的霉味。叙耶迈基-亚尔马里正火急火燎地向前赶路，和往常相比，他现在的步伐简直可以用迅猛如飞来形容。此时此刻，他有一种奇怪的不真实感，仿佛眼前的一切都那么虚无缥缈，与己无关。每次他在生活中遇到什么大事，都会有这样的感觉。从这个角度看，年龄的增长并没有给他的性格带来任何改变。当亚尔马里还是个 12 岁的小伙子的时候，他站在墓园里，亲眼看着母亲的灵柩被抬进土里却无动于衷，母亲的灵柩最后放在了两块隔板之间，旁边挨着两口类似的棺材，其中一口非常小。陌生的宾客们在墓园里各自忙着什么，亚尔马里觉得，无论是他自己，还是他的父亲，抑或是他的兄弟姐妹莱纳和维赫托里，只要有一举一动，都会引起来宾的注意。后来，他和希利亚在教堂举行婚礼时，也有同样的感觉。他站在她身边，往日相处的一幕幕浮现在脑海里，感觉那么虚幻渺远，而今，他们就要步入婚姻的殿堂，朝夕相对，共处一室。他站在牧师面前，心里只想着一件事，那就是，如果今后家里的红白喜事都要在众目睽睽之下举行，他就会感觉自己像在风雨中飘摇的孤舟，如此渺小……牧师在致辞中向神祈福，使婚礼多少有了些神圣的意味，但这段婚姻究竟能不能得到神的庇佑，谁也无从知晓……夫妇俩的第一个孩子夭折了，那是个小女孩。她即将降生的时候，亚尔马里的心境和现在完全相同。他觉得，让这样一个鲜活的小生命走进自己的生活，实在是一件太过隆重的事情，以至于让人觉得不真实。相比之下，夫妇俩的生活一直平淡无奇……后来父亲的去世对他来说，也可以算是影响甚微。

但此刻，他的心绪又乱成了一团，仿佛各种各样的咒语一直在耳边轻声回响，挥之不去。一只受惊的大鸟在路上横飞而过，南方的天空呈现出奇怪的铅灰色，只不过还称不上是阴云密布。一轮血红的圆月缓缓升起，周围环绕着一圈圈蓝色的光环。它悬挂在帕汉诺亚居住的溪谷上空，透过层层云雾时隐时现，仿佛在窥伺着苍茫的大地。月亮显然没有兴趣爬到更高的天空，它只要能看到乡野小径上这位行色匆匆的路人就可以了。

亚尔马里来到奥利拉家里，发现全家人都已经倾巢出动了。

"你这么着急赶路的样子我还是第一次见呢。"看家的挤奶女工在开放式厨房①里对他说。她脸部松弛，已经过了跳舞的年龄，"他们都走了，去了太太的老家，不到午夜是不会回来的。不过你对这儿应该很熟悉了吧，你要找的马就在牧场里。"

亚尔马里跑进马厩，开始在木桩周围寻找笼头，所有的马具看起来都破破烂烂的，连笼头都缺了个扣子。只有笼头完好无损，他才能快马加鞭地赶到村里找接生婆。现在他必须找根细绳把缺扣子的地方捆好，免得到时候骑在马背上抓不牢、坐不稳。

但在此之前，他得先把笼头给马套上。叙耶迈基很清楚，奥利拉家的老马性子很烈，不肯轻易就范。意志不坚的人未必驾驭

---

① 一般厨房采用封闭式设计，如果厨房和客厅或餐厅在一个房间里，称为开放式厨房。

得了它，有时必须得好言好语地哄着它。尽管任务艰巨，他还是觉得凭借自己的力量应该能把它抓住，然而结果令他失望……老马只是耷拉着耳朵，面对他一波又一波的进攻和诱哄灵巧地左躲右闪，每一次都让他扑了个空。亚尔马里气得直嘟囔。在整个过程中，他心急如焚，仿佛胸中郁结着块垒，这几周一直担心的事情终于发生，他的神经紧绷到了极点，手上青筋暴起，血脉喷张……"来吧，宝贝儿，过来……天哪，如果连这个畜生都搞不定我该怎么办……吁，吁……"他一边喊着驯马的口令，一边慢慢地接近老马，正当他要伸手去抓它的鬃毛时，老马转了个身，尾巴扬起一阵风灌进他的耳朵里。转眼间，它就跑到了牧场的另一端，在那里悠闲地吃着草，好像在故意气他似的。他每靠近一步，它就像个身手敏捷的舞蹈大师一样飞也似的逃开了。"该死的孽畜，给我下地狱！下地狱！"气急败坏的亚尔马里不停地咒骂着，仿佛用尽了全身的力气，"狗娘养的恶魔！"最后，他暴跳如雷地大吼了一声，开始追着那个讨厌的畜生跑。不知天上的诸神见到此情此景会作何感想，不过这场疯狂的追逐游戏目前唯一的观众便是那闪着光环的圆月，它从笼罩着不祥之色的地平线上又升高了一点，仿佛想找个更好的角度观看这场大戏。

亚尔马里这个绝望无助、天真单纯的小伙子正在牧场里疯狂地跑来跑去，他不时停下来，喘一口粗气，试图从头脑发热的癫狂中恢复一点理智。他别无希望，如果抓不住这匹马，他还能做什么？他精疲力竭，看着那匹老马敏捷地左奔右突，只能勉强拖着脚步紧紧地跟着，嘴里不时像念咒语一样破口大骂。老马小心翼翼地和他保持距离。它和亚尔马里迈着完全相同的步幅，不让他靠近一步。

突然，它嘶叫一声，像箭一般冲向门口。挤奶女工埃米就站在那里，一只手伸向了它。老马丝毫没有减速的迹象，好像随时都会冲上去把埃米踩在脚下似的。但就在最后一刻，它在她面前猛地刹住了脚，蹄子向外伸直，就像踩着平底雪橇似的。它把鼻子凑上前去，闻着她手里的面包屑。叙耶迈基趁机走上去给马套上了笼头。此时马儿舔着面包屑，对他的动作毫不理会。

"有些事情有的人就是做不来，现在见识到了吧。"埃米得意扬扬地对他说。她还说了些话，大意是讲，只要她乐意，完全可以看着这台人马共舞的好戏一直持续到早上，但是考虑到他这次来可能是为了希利亚的事情，她便不能坐视不管。

 第十章

阿尔维德在泰利兰塔家附近出现的时候,他发现,车子还没有停稳,路边就有户人家打开了窗子,窗口出现了他心仪的姑娘熟悉的倩影,她一手拉着窗扉,一手将额前的棕色卷发拨向耳际。她穿着夏装,脸上写满了欣喜。很快,这个倩影就消失了——海尔卡已经飞跑到门廊口,准备迎接他了。

实际上,阿尔维德特别留意了一下海尔卡的装束,因为与上次见面的时候,她的装束大不相同。这次她穿了一条薄如蝉翼的印花布连衣裙,这条裙子和上次那件晚礼服相比,更好地彰显了她绰约的风姿和蓬勃的朝气……在门边停车的时候,他注意到这

家人脚上的鞋子五颜六色、小巧玲珑,它们从人行道上轻快地迈上台阶,最后消失在两根白色的门柱之间,后来他在屋子里见到了这些鞋子的主人……不过,让阿尔维德念念不忘的是,他还没有下车,便一眼认出了那双熟悉的美鞋和鞋子主人那双步步生莲的纤纤玉足,后来在客厅里也是如此。等到他和海尔卡在饭桌上并肩坐着,共饮鸡尾酒时,他把这件事情告诉了她,眼里意味深长。席间如果有客人冷眼旁观,便会发现两人眉目传情,关系非比寻常。不一会儿,泰利兰塔太太走过来提醒他们,该履行约定给客人演奏一曲了。"没问题,待会儿吧,等到晚宴开始再说……"

海尔卡换了身衣服闪亮登场,她翩若惊鸿、婉若游龙、步步生莲、光彩照人,是一个如夏花般绚烂的女孩,金棕色的皮肤闪耀着健康的光泽。阿尔维德心动不已,惊艳于她多姿多彩却又始终如一的美。海尔卡的伴奏一直完美无瑕,即使阿尔维德故意演奏了几个高难度的段子也没有考倒她,晚宴进展得非常顺利。他们事先在一间客房里单独商量了一下该怎么演奏……不过到了最后,海尔卡还是弹了几段急速和弦,以示报复,这让阿尔维德记忆犹新……今年春天,他们曾经在图书馆昏黄的灯光下促膝谈心,两人约定,到了夏天,他们还要再聚一次。如今,阿尔维德如约而至。原本这是一次冒险的举动,毕竟他从来没有去过她家乡的农场,也不知道她是否真的在意他们之间的约定。但事实证明,他的担心是多余的。这位外乡人不仅没有吃闭门羹,还受到了心仪的姑娘热烈的欢迎,她急不可耐地跑来见他,差点儿扑进了他的怀里。他还记得,当初两个人一前一后走出图书馆时,海尔卡曾回过头来对他颔首微笑,眼里一汪秋水,含情脉脉。现在看来,此情此意确是真的。

"奶奶,这就是我经常跟你提的那个人!"

阿尔维德站在农场的庭院里看着海尔卡的侧影,视线在她娇俏的耳鬓、迷人的眼角、翕动的红唇、晶莹的皓齿上来回流转。接着,偏房的侧门口应声出现一个脊背微驼的老人,她伸出手向他走来,嘴里说着:

"欢迎!"

老人引着他向主屋的前门走去,她走得很慢,阿尔维德可以一边跟着,一边悠闲地观察周围的景象。他发现主屋比刚才那间偏房更大。现在他的视线不在海尔卡身上,两人也没有互相交谈。老人和院子里的阳光使两人能够自然而然地走在一起。海尔卡很快就有理由从他的视野中消失了:她必须去给祖母帮忙。

"农村里的人家每次来了客人,主人家都会让客人自己先待一阵子。"老人一边在会客厅里找东西,一边对阿尔维德说。不过阿尔维德在院子里和主人家打过照面之后,很快就入乡随俗,把这里当成了自己的家。黄昏将至,农场里恢复了生机:奶牛在草场里悠闲地吃草;雇工和女佣们来来往往;一派繁忙的景象。有人商量着干完活儿要去洗个桑拿,晚上去女佣们的寝室里闹腾一番;有人说第二天要去教堂。星期六的下午就这样过去了,阿尔维德在这样的环境中心如止水,只要能时不时看上海尔卡一眼,他便感到心满意足。海尔卡穿着一件白色的大围裙在伙房里忙碌着,每次上下台阶看到阿尔维德时,都会微笑着向他致意。

第十一章

长夜漫漫，无心睡眠，不过在一年的这个时节，北国昼长夜短，年轻人精力旺盛，也不需要多少睡眠。主人家在祖母住的偏房里找了个空房间，给阿尔维德铺了张床。祖母和海尔卡的卧室就在屋子的另一端，中央是客厅，客厅里夹杂着未上漆的木材和未点火的暖炉散发出来的木香。

过了午夜，客人还在客厅里轻轻地来回踱步。客厅很宽敞，每道侧壁都有两扇窗，和其他房间一样，窗子上清一色地挂着上浆的蕾丝窗帘，它们日复一日地挂在那里，没有人动。每道山墙①尽头都有两扇门，分别通往一座宽敞的大厅，大厅外便是一间门廊，走在上面，木地板咯吱作响，颇为有趣。门廊两侧的墙上开了几扇格子窗，窗格子里透出浅蓝色和血红色的光芒。既然已经在客厅里徘徊了一阵子，不如到院子里去走走。没有人会注意到他的，假如农场里的人都睡下了的话。

这时，客厅通往门廊的那扇门被轻轻推开了，透过门缝，依稀可以看见一个熟悉的倩影。暮色太沉，他假装仔细分辨着她的面貌。

"睡不着吗？"

"现在还不想睡。"

问问题的姑娘依然站在门口，优雅地倚着门柱，柔和的光线洒在她身上，衬托出一种别样的风情。命运的崇高力量使这对年轻人走到了一起，他们彼此欣赏、暗生情愫，关系的进展不紧不慢，恰到好处。相处的时光愈久，爱慕的情感愈深。昏暗的暮色下，姑娘依然站在门口，只不过从虚掩的门后走到了门前。

年轻的小伙子在说出那句"现在还不想睡"时，语气里透出些许奇怪的庄重。他向姑娘站着的地方慢慢走近，表面上装出一副欣赏夜景的样子。他不时环顾左右，一会儿看着南方，一会儿看着北方，仿佛沉醉在窗外的夜色中。

"如果有个迷人的暗夜幽灵一直在你的床边徘徊，演奏着一

---

① 山墙是建筑两个侧面上部成山尖形的横墙。古代建筑一般都有山墙，它的作用主要是与邻居的住宅隔开和防火。

段忽高忽低、但是人耳却听不见的歌曲,你还会有心思睡觉吗?"

"你怎么知道它在演奏歌曲?"

"我从你眼里看出来的——你帮我伴过奏。"

姑娘已经不自觉地迈过门槛,悄无声息地关上了身后的门。

年轻小伙子的话里充满了爱怜……那次伴奏的旋律又在耳际响起……姑娘感觉到自己又一次被音乐的魔力蛊惑了,就像去年冬天他们在一起的时候那样。想起两人的合奏,她感到难以自持。那时候,他拉响了小提琴,悠扬的旋律如怨如慕,如泣如诉,让她无法自拔……她绝望地奏响和弦,试图抵抗这种魔力。乐曲接近尾声时,曲调无比轻柔,伴奏唱了主角。一曲终了,当她从琴凳上站起来的时候,心里感觉自己就像获得了新生。她还回忆起他们在图书馆里促膝长谈的时光——两人相处的每一个细节,她都历历在目……

如今,经过一段时间的别离,他又出现在了她的面前,看起来还是那么有男子汉气概。他的话就像音乐一样,声声入耳,一如既往地撩拨着她的心弦,虽然"音乐"暂时画上了休止符,但此时无声胜有声。最美妙的是,这支"曲子"现在只为她一个人演奏。一天的辛苦,不就是为了这一刻吗?她所有的心思、所有的言语、所有的举动,无论多么细微,不都是在义无反顾地为这一刻做铺垫吗?终其一生,她所追求的,不过是如此这般点点滴滴的幸福……她把左手搭在他的右肩上,恋爱的甜蜜透过指尖一直传递到心底。两人相互依偎着望着窗外……夜凉如水,能够在一座"迷人的暗夜幽灵"出没的房间里与佳人相伴,心中备感宽慰……心爱的人就在身边,在白天,他的身份只是个客人,到了夜晚就不同了……虽然在外面的世界里,他还有个为之钻研的"事业"要打拼,还得在忙于事业的同时练习音乐,但此时此刻,这些都不重要了……只要沉醉在当下的幸福当中就好。

夕阳的余晖方才散尽,朝日就开始迫不及待地崭露头角。房前的草地沐浴在熹微的晨光中,呈现出神秘的粉红色。最有趣的是,经常日晒雨淋的草尖此刻隐没在黑暗中,很少抛头露面的草茎和草根反而暴露在阳光下。过了一夜,眼前的庭院令他恍如隔世——这是在哪儿?这是昨天和大家一起坐着聊天的庭院吗?——我怎么到这里来了?——我是沿着怎样的路径而来?——这一路上到底经历了什么?时至清晨,整座农场还在沉睡,两人一夜未眠,其中一人轻声道了声晚安。

只是语气中饱含的不舍,让另一个人也不忍心把同样的话语说出口来。古色古香的会客厅里夹杂着木制家具和干净的亚麻布散发出来的气味,许多新娘曾经在这间房里拜堂成亲。两人站在那里,良久不动,屋子里静悄悄的。过了一会儿,地板上响起轻轻的脚步声,两扇门几乎在同一时间关上了。白天渐渐逼近,一夜未眠的他们又要在别人面前恢复主人与客人的身份,保持应有的礼节了……

不过,在天大亮之前,他们还是陷入了沉沉的睡眠。等他们睁开双眼时,将以更充沛的精力迎来崭新的一天。

 第十二章

星期天早晨,农场里没什么活儿干,主人和客人都可以在床上睡久一点。阿尔维德看着窗外,天气晴朗宜人,不出门实在有点可惜。想起凌晨的时候,农场里还只有他和海尔卡两个人醒着,他们一起观赏着院子里神奇的光影流转。现在,农场里的景象一如昨日,只不过女佣已经穿上雪白的围裙在院子里干活了,当老工人马努进来找农场主时,他跟他道了声"早安",脸上的笑容里透出星期天特有的闲适。

这天早晨,海尔卡睡得比所有人都久。等她起来的时候,农场主、阿尔维德和一两名农场雇工早已经游过泳、喝过咖啡了。

为了结束一大早起床之后的慵懒状态，让全身的筋骨活动起来，他们还特意跑到农田里查看了黑麦的生长状况。大部分麦穗已经变得透明——在一个天气晴好的早晨，麦花已经随着习习暖风四处飘散——但是有些麦壳在阳光下依然显得有些发暗；花粉尚未完成它被赋予的使命——假如授粉条件已经成熟的话……不过，从清晨开始，人们最珍视的还是那刺眼的火热阳光，一束束光芒倾泻而下，仿佛把沿途的空气都拨到了两边。花草树木、虫鱼鸟兽、男女老少无不享受着这份宝贵的洗礼，吐纳着带有阳光香味的清新空气。村里各个角落的人聚集在农场里，清晨的阳光成了他们之间的天然纽带。

最后，海尔卡也醒了。她是伴随着歌声苏醒的，没错，她听到的的确是歌声——现在是早上十点，都这个时候了，居然还有人在演唱小夜曲①，而且是在农场里！袅袅乐音在耳际回响，就像每天清晨，熹微的晨光轻抚她心灵的窗扉将她唤醒一样。很快，窗外的歌手们就得到了回报。他们看见窗帘拉开了一条窄缝，心爱的姑娘探出了头（当然，他们对她的爱各有不同），柔顺的棕色长发如飞瀑般披散下来，一双美丽的淡棕色大眼睛顾盼生姿，下巴尖俏可爱。她嫣然一笑，嘴角露出甜甜的酒窝。

歌手们没有互相看各自的表情，但是从海尔卡的角度可以看清楚所有人。她感到纳闷儿：为什么伯父也在呢？他兴致勃勃地

---

① 小夜曲是南欧的一种习俗，男人在情人窗外所唱或演奏的抒情曲。

演唱着自己那部分歌词，身上被太阳晒得通红，脸上的神情那么的和蔼！不难看出，他在释放自己的青春。两位年轻的学徒工却都尽力摆出一副正儿八经的表情，这让农场主和阿尔维德忍不住互相使了个眼色。海尔卡看着他们——不一会儿，她的眼神里充满了暖意。

歌手们看到她在窗帘间点了点头，胳膊伸出来，假装在窗台上放蜡烛。一曲终了，她隔着窗户对每一位歌手调皮地飞了一个吻。泰利兰塔太太走到院子里，恰好撞见了这一幕，她扫了一眼窗前的痴情歌手们，略带调侃地说：

"哦呵！海尔卡今天心情不错嘛。"

她告诉他们，早饭已经做好了，可以随时开饭。

 第十三章

一家人再次聚在一起，彼此之间的关系心照不宣，表面上却是一派庄重和谐的样子。海尔卡看起来在晚餐的准备工作中表现活跃，每次见到家里的客人阿尔维德，她只是颔首微笑，仿佛昨晚大伙儿坐在台阶上聊天之后，他们俩就再也没有单独见过面。连祖母都盛装出席，她开始谈起农场里筑巢的燕子。

"不知道为啥，打从我小时候记事起，农场里就有座燕巢，不知道它在那里筑巢多久了，至少也该有六十年了吧！"

"那住在里面的燕子岁数也肯定很大了。"农场主说。

他的农场也有着悠久的历史，自古以来，这座农场便一直属

于泰利兰塔家。吃晚饭的时候，一家人又聊起了农场，当时大伙儿是分开坐的，几个人坐一堆。海尔卡说，她家的田产其实不在这里，而是在帕汉诺亚家附近。她每年夏天都会去那儿，只是今年还没去，正好今天天气不错，她可能饭后会去一趟。

"能带上我吗，海尔卡？"

所有人都注意到，海尔卡和客人阿尔维德已经开始直呼对方的教名了，而昨晚大伙儿互道晚安的时候，他们却不是这样——谁也不知道这中间到底发生了什么。如果在场的人——尤其是年轻小伙子——曾经想过要当海尔卡的护花使者，经过这一遭，他也肯定会意识到这种事情是不可能的了。

"可以呀，当然可以。"海尔卡回答。

农场主也注意到了这个细节，他觉得最好还是先转移一下话题，他开始谈起海尔卡提到的那块地方现在残存的几户人家。

"我们没去过那边，不知道具体情况，不过那边应该有个农场以前被并到这儿了。还有个农场是努纳家的，每年收割的时候，我们两家都会互相帮忙。既然海尔卡说那边那块田地可能是她的——说不定房子也是，估计努纳小姐只能自求多福了。"

全家人在欢声笑语中举起了酒杯。

第十四章

农场旧址其实没什么好看的,但这个地方本身风景不赖。漫步在一条碎石小路上,周围时不时可以看到一汪湖水,令人心醉。几座小土丘上长满了荒草,显然这里曾经是地基或者墙根。一两棵苍天古树拔地而起,显然它们一直受到当地人的礼遇,才出落得如此气势不凡,令远处低矮的桦树和云杉相形见绌。饱经沧桑的树干常常令游人忍不住上前爱惜轻抚。这几棵地位尊崇的古树赫然屹立在一片小树林中,仿佛代表着远去的古老时光向海尔卡和阿尔维德致以崇高的问候。只不过,两位游人正沉浸在幽会的甜蜜中,并没有把这样的问候放在心上。

一座年代久远、摇摇欲坠的干草棚坐落在土丘的山脚下，旁边的草地上生长着几株风铃草和紫色的锦葵，还有一些血红色的苜蓿草正蓓蕾初放。如果没有干草棚的存在，这些野花是无法在丛林里生存下来的。海尔卡俯下身来，勘察着小土坡上的花花草草。

"这里的野草莓还没有熟呢！"

"嗯，不过地里的黑麦都还没扬花呢①。"

"嗯，那倒是。"

"我今天早上去看了，至少五分之一的麦穗还有些发暗。"

既然已经找了借口一起出来，他们必须说点什么，打发时间。

两人开始往回走。阿尔维德一直看着海尔卡，他又一次想起了上次两人在城里见面时的那段美好时光。如今他们漫步在芳草萋萋、人迹罕至的林间小径，良辰、美景、佳人俱在，令人别无所求。为了跟上他的脚步，她特意把步子迈得很大。在丛林的庇护下，他们可以任意做自己想做的事情，不必受人拘束。贸然闯进这片二人世界的，只有不时掠过天际的捕蝇鸟。路边的草丛里零星点缀着几株白屈菜②和金凤花。

前面的路越来越窄，最后成了一条芳草萋萋的羊肠小径。只

---

① 水稻、小麦、高粱等作物开花时，柱头伸出，花粉飞散，称扬花。
② 罂粟科多年生草本植物，又称地黄连、断肠草等。

有看着林子的出口,才知道该往哪个方向走。海尔卡左手挽着阿尔维德的胳膊,走着走着,她突然僵住了,仿佛看到了什么奇怪的东西。等阿尔维德停下脚步,她调皮地笑了,笑声如银铃般甜美,显然刚才那副样子是故意逗他的。她伸出手臂,搂住他的脖子,给了他一个吻。他们一起看过她家的旧址,现在正准备打道回府,两人的关系再也不是从前那样了。阿尔维德抓住她的肩膀,把她紧紧地抱进怀里。松手后,他深情地望着海尔卡,就像当初合奏之后她在图书馆里含情脉脉地看着他一样。

"你爱我吗?"

"我怎么能抗拒对你的爱?"——说着,她几乎喜极而泣……

紧接着,她被草丛间一株不起眼的婆婆纳①分散了注意力,这朵花就像蝴蝶的翅膀,又像一只眼睛,盯着她和阿尔维德刚才的举动。

两人继续向南前行,他们穿过一道门,便出了林子,进入田间。目之所及处有许多农场,它们或远或近。前方的天空呈现出一抹铅灰色,他们可以感觉到身后的林子已被金色的晚霞笼罩。天上还没有月亮的影子。

两人分别走在路的两边,他们的鞋子踩在硬黏土上铿锵作响,越往前走,路边的野花越多。阿尔维德走的那块地方有道裂口,旁边的白杨树已抽出嫩绿的新芽,芽很小,叶子却出奇地

---

① 草本植物,花多为蓝色。

大。一大片盛放的婆婆纳中点缀着几棵紫繁蒌①、绣线菊、车叶草和风铃草，还有一两棵蓟②含苞待放——这是万紫千红的斜坡上最娇嫩的植物：它的花呈紫色，叶子的正面呈深绿色，背面几乎呈白色，碾碎草茎，可以看到里面流出白色的浓浆。路的另一边是一片玉米田，沉甸甸的玉米穗刚刚发育完全。路边还有些盛放的峨参，玉米秆下盖着毛绒绒的种球。

　　行走在田间小路上，海尔卡的步伐和之前大不相同，阿尔维德默默看着，想起两人在首都的派对上第一次见面的时候，她踩在拼木地板上款款而行、步步生莲、惊为天人。此时此刻，她没有心情主动挑起话头，自打两人在林子里拥吻之后，她一直自顾自地走着，轻轻哼着歌，不时跟着脚步的节拍挥舞着手中的帽子。阿尔维德跟她说话的时候，她会热切地回应，但她的心思显然已经飘到了九霄云外。

　　也正是这个时候，划桨人在湖心看见了他们，只不过个中的前因后果，他便不得而知了。

---

① 樱草科的一年生草本植物。
② 蓟，多年生草本，叶有刺，花呈紫色、白色或黄色，为苏格兰的民族象征。

第十五章

　　这天晚上，艺术家也在外面彻夜徘徊，他是个安静、敏感的人。到了夏天，很多北方人喜欢在夜间到处闲逛，尤其是星期天拂晓的时候。人们这么做的原因各有不同，但外部环境是一样的：无论时光荏苒，北国的夏夜总是亮如白昼。艺术家所以称之为艺术家，是因为他学的是这个专业，而且人们经常看见他拿着画笔在外面写生。其作品，无非就是风景画、放牧图、肖像画这几种。有时他会斗胆问一问当地居民，看看他们肯不肯给自己当模特。泰利兰塔家的老工人马努便是艺术家的模特之一，他经常以不同的衣着和状态出现在画中，有一次，他甚至还做了裸体模特，那时他刚洗完桑拿浴，正坐在台阶上休息，等着身上的水晾干……艺术家出过好几本书，虽然大家都认为这些书体现了他渊博的学识和高雅的品位，但几乎没什么人有兴趣翻阅它们，更别提细细品读了。此刻，湖面上划着那艘红底白船的人正是这位孤独的艺术家。

比起家里，他更喜欢待在外面。他有家有室，住的地方离泰利兰塔家不远，是一座小农舍，小农舍坐落在一座偏僻的农场里。原来这里住着一对老年夫妇，他们遭遇不测后，农场就一直空了下来，是艺术家的老婆自作主张搬了进来。在此之前他们一直挤在老房子里，和艺术家的父母同住。每天的柴米油盐酱醋茶决定了家庭生活的基调，这种基调一直持续下去，直到家庭生活彻底完结的那一天。谁也不知道这一天会在什么时候、以何种方式到来。家家户户皆如此，只不过到了最近，他总有种不自在的感觉，也许这只是他的个人感受。岁月的痕迹很快占据了他的身心。他并没有缺衣少食——身边的朋友和仰慕他的人虽少，但他们之间的情谊却愈发珍贵——尽管如此，他还是郁郁寡欢，经常陷入沉思当中，样子好像非常痛苦。

艺术家慢慢地划着船，随着水波渐渐平静，他开始欣赏泰利兰塔家在水中留下的倒影，看着倒影里的人们来回奔忙，他觉得他们的生活一定过得有滋有味，和和美美。入夏以来，他越来越喜欢带着喜忧参半的心情欣赏着自然景观，品味着别人的生活。他整日整夜地游荡在夏日的乡间野外，似乎在逃避着什么；那副样子，就像一只始终把头埋进沙子里不肯出来的鸵鸟。

他不时停下手中的桨，在湖面上休息，破烂不堪的帽檐下露出一双忧郁的眼睛。他似乎在看着什么，又什么也没看，一双温暖的眼睛似乎在凝神静听。诚然，他的视线停留在湖对岸的麦田上，那里的麦穗在晚霞的映照下泛着金光，但他的心思并不在风景上，他注视的是自己的内心。

7月的麦田在晚霞的映照下翻滚着金色的麦浪——当一个人成长到一定的阶段，看到这样的景象，内心该是有多么的倦怠。田里的作物快要熟了，田里的作物快要熟了——至少，它们已乐知天命，静待成熟。夕阳将其视为一位刚强的农夫，这位农夫总是能把农活和家务事打理得井井有条，他的精神虽然日渐疲弱，但每每想起家中后继有人、子女恭顺孝敬，能将父辈的伟业发扬光大，他的精神便为之一振。看着田里的作物在祥云的笼罩下渐渐成熟，他的内心平静而祥和。艺术家静静观察着这一切，他总是把农夫的命运想象得比实际情况要好。他自己则一无所有，除了马亚马名下的那间农舍和里面的物什。当他呆呆地望着夕阳下的麦田时，内心的忧虑暂时抛到了脑后。

一阵节奏分明的划桨声再次打破了他的思绪。他环顾四周，看见叙耶迈基-希利亚正划着船从后面接近，她似乎有什么事情要找泰利兰塔家的人商量。

"怎么这么急？"

"有急事。"

"过段时间，我能不能去趟你家，参照你给孩子喂奶的样子画一幅《哺乳圣母》的祭坛画呢？"

"我可不想把自己喂奶的样子展示给全世界的人看。况且，你自己家里不就有个哺乳圣母吗？"

"那我不画画，就来看看你家的孩子行不？"

"你想来的话，随时都可以。"

俊俏的农妇划着船离开了，显然她对艺术家提出的非分要求有点生气，但看到他眼神中流露出来的倾慕，心中又不免沾沾自喜——即使在临盆之际，她的柳眉瑶鼻依然如往常般清秀娇媚，就连先前随性说出的几句稍显失礼的话，也因为她的美貌而显得顺耳了一些。平日里，她的脸部肌肤呈现出健康的棕金色，怀孕期间，她的双颊白里透红，艳如玫瑰。

艺术家停留在原地，他甚至悄悄把船向后划行了一小段距离，似乎想要延长两人这次在水上的会面。当这位孤独的男子看着俊俏的农妇渐行渐远，一种奇怪的、天真的感觉涌上心头。随着两人的距离渐渐拉长，女人姣好的面庞变得模糊，上面映照着火红的霞光。如血的残阳同样染红了远处泰利兰塔家谷仓的墙壁和行走在田埂上的少女轻飘的霓裳。划船的女人和律动的双桨成为盈盈碧水上一个漂浮的小点，孤独的男子独坐孤舟，任凭时光流逝，万物变迁。就这样看着眼前简单的风景，心境也会自然而然地跟着平和下来。

他又开始拨桨行船，至于所向何方，他一无所知。与希利亚告别后，他开始哼歌，这是一曲舒缓的民歌，艺术家紧闭着嘴唇轻哼浅唱，每到第三个节拍就轻轻划一下手里的桨。小船悠悠地驶离两人相遇的地方。

第十六章

在泰利兰塔家,大伙儿又像前一天一样坐在院子里,只不过时过境迁,很多事情都已经变得和以往不同。现在已经到了安息日,所有人都知道,这是夏天里最后一个真正意义上的完美星期天——一周过后,田间地头将支起一个个干草架,堆起一垛垛干草,那时可不像现在这般清闲。夜幕将近,由于今天是安息日,所有人都穿得比往常要好,就连棚里的奶牛被人牵到院子里挤奶时,走路的样子都显得有些特别。姑娘们泛舟湖面,准备给湖对岸的奶牛挤奶,她们盛装打扮,霓裳轻舞,似乎对即将到来的夜晚满怀期待。

泰利兰塔家的老太太——饱经风霜的祖母像往常一样坐在台阶上，她对海尔卡和阿尔维德说："你俩昨晚肯定在客厅里聊了一个通宵——弄得我一宿没合眼。"说完，她用慈母般的眼神看着阿尔维德。对于这个客人，她几乎一点也不了解。

两个撑木筏的人出现在院子里，手里提满了牛奶罐。泰利兰塔太太不得不过去看看他们。

"你家的奶牛挤过奶了吗？"其中一名男子问她。

这个人没戴帽子，一头金发整齐地往上梳起，淡蓝色的眼睛骨碌地转着。他看起来一点也不像撑木筏的人，挤奶的女工们早就认识他了，他叫于尔约·萨洛宁。

萨洛宁平日里乘坐的是编队中的第三只木筏，此刻这只木筏正停泊在海基莱家的麦田旁边。由于连日逆风，编队一直滞留在此岸。如今，风势终于渐弱，船员们只有等到傍晚才能启程。现在，他们正在周围的农场里取牛奶，萨洛宁和他同船的队友被分配到了泰利兰塔家。

"梅泰莱-尤卡回来了吗？"一名挤奶女工问他们。

"那个瘪三回家陪老婆去了，不会这么急着回来的。"于尔约·萨洛宁说。

挤奶女工之所以问这个问题，是因为梅泰莱的老婆是她的亲戚，住在北边的第三个教区。

"你也好不到哪儿去。"女工回嘴道。

船员们取了牛奶后便离开了。湖面上再次响起节奏分明的划桨声。先前和挤奶女工说话的时候，太阳便已西沉，等他们回到木筏上的时候，月亮的银边已经清晰可见。

第十七章

　　就在这时，梅泰莱从家里回来了，他一副醉醺醺的样子，口袋里还剩下一小瓶酒。他提议大家一起去村子里走走。虽然梅泰莱今晚特别乐意和萨洛宁套近乎，但萨洛宁却完全不吃那一套。他只是自顾自地吹着口哨，蹦来跳去，至于梅泰莱在说什么，他基本上是左耳朵进，右耳朵出。

　　梅泰莱和萨洛宁的长相气质完全不同，前者长相粗犷，骨架宽大，性格单纯，喜欢吹牛。由于连日休航，他的马也一直无所事事地待在马厩里，但这天傍晚，它无疑会回到自己的工作岗位，拉动绞缆机。"来嘛，诺基亚。"梅泰莱又开始喋喋不休了。

他之所以管萨洛宁叫诺基亚，是因为萨洛宁曾经提到，自己出生在一个诺基亚工业园区。

"噢，别吵了，老兄。我说了不去，你没听见吗？"诺基亚厉声说道。他对梅泰莱打扰了自己扔飞刀的雅兴尤为生气，这是他最喜欢的娱乐活动：拿出那柄颇为拉风的考哈瓦①长刀，捏住刀尖，向舱壁飞掷出去。如果他射中了自己瞄准的那个标靶，自信心就会爆棚。每当其他船员过来围观，而他恰好投中了某个标靶的时候，他就会兴致勃勃地跟他们讲自己以前看过的一段马戏表演。表演者是一个技艺非凡的中国人，他让一名普普通通的白人女郎——看起来像是他的女友——面对着他、背对着一块木板站好，自己则对着女郎头部周围的标靶一个一个地扔飞刀——等到女郎走开，木板上的飞刀正好能勾勒出她的轮廓线。每一把刀都准确无误地钉在轮廓线上，没有一把击中她。稍有差池，女郎或许性命不保。那位斜眼中国佬力道太大了，女郎不得不使劲拽，才能把刀从木板里拔出来。她将拔出的飞刀展示给观众，眼里充满了自豪。

"我早就跟你说了不去，你别再来烦我了行不行！"萨洛宁说着，又瞄准舱壁上的靶位飞了一刀。接着他躺在铺位上，拿出一本书，悠闲地翻看着。这本书是他上次在铁路旁的村子里买来

---

① 考哈瓦是芬兰的城镇，位于该国西部，距离首都赫尔辛基约四百公里。该地区 Iisakki Jarvenpaa 公司制造的芬兰刀在全国久负盛名。"考哈瓦"在芬兰语中已成为芬兰刀的代名词。

的，书名叫做《爱的牺牲品》。萨洛宁翻过的页数从来不超过 20 页。此前，他一直在镇里当售货员，但他生性放荡不羁，一份工作总是做不长久，于是今年夏天来到这片湖区当船员。他打算在这里暂避一个夏天，等风头过了再说——没错，萨洛宁是个犯过事的人，他曾经被判处小额罚金，但因为无力缴纳，又不愿意坐牢，便逃了出来。他听说夏天在湖区筏运木材最不容易惹人注意，很适合逃避追捕，便应征了这份工作。

木筏并不大，因为木材公司离这儿不远，每条船上也没有一个像样的船长。船员中年龄最大的理应挑起这样的重担，但他的薪水也不比别人多，干起活来自然不卖力。这周，他只在领钱的那一天露过面（每周六，公司里都会派一个人骑摩托车过来给他们发薪水）。船员们对这个怪老头说的话也不怎么搭理。毕竟，老头缺了一只手，干起活来也没什么优势，只不过每当船队行至水流湍急、航道狭窄的地方时，老头的经验就派上用场了。他站在船头，以将军的派头波澜不惊地指挥着所有人巧渡险滩。诺基亚·萨洛宁关系最好的队友是马蒂·波拉迈基，他性格单纯，毫不掩饰自己对诺基亚的欣赏，觉得他机敏灵活、朝气蓬勃、职业生涯丰富多彩。后来，当诺基亚被控谋杀罪时，马蒂·波拉迈基和他一起站在被告席上，戴着脚镣，被控教唆杀人罪。当然，马蒂脚踝上的镣铐最终还是被解开了，因为没有人能够证明他当时是否真的冲着诺基亚大吼了一句："来点狠的！让他好好尝尝这个滋味！"不过，马蒂还是以第二被告的身份站在年轻帅气的诺基亚旁边，穿着和他一样的囚衣。庭审那天傍晚，陪审团和律师对马蒂没有太多的关注，他们的注意力主要集中在第一被告诺基亚身上。按照法律规定，法官总是会问被告一些私人问题。

"已婚还是单身？"法官问马蒂。

"我还没结婚，不过我已经订婚五年了，还有三个孩子。"

"那你为什么不结婚？"法官接着问道。

马蒂沉默了，最后，马蒂所属教区的区议会主席开口了：

"他们忘了把他送去坚振班①，所以他和伊塔的结合没有在教堂举行婚礼，但是马蒂把他的家人照顾得很好——实际上与本案的死者梅泰莱相比，他是个更尽责的丈夫。梅泰莱一家经常需要教区的救济。"

马蒂和梅泰莱同属一个教区，区议会主席之所以到庭，是为了维护梅泰莱留下的孤儿寡母的利益。

前一天傍晚，当所有人纵情欢乐、尽情享受生命的赠礼时，他们不会想到，短短一天，就有人被剥夺了这样的机会。

萨洛宁最后还是进了村子。他看书看厌了，就把书页折了个角，把书塞进挂在墙上的工作服口袋里。轮到马蒂煮咖啡了，梅泰莱坚持要把他的咖啡壶也拿来。他在舱室里头踉踉跄跄地走着，不时跑出去拍拍他的老马。

---

① 坚振圣事，或称坚振礼、坚信礼、按手礼，是基督宗教的礼仪，象征人通过洗礼与上主建立的关系获得巩固。坚振班即教授坚振圣事等宗教礼仪之处。

"一匹马能养活一条懒汉。"他说着,毫无必要地使劲拍了拍这匹马柔软的下腹部,弄得它焦躁地嘶鸣了一声,轻轻地跳了起来。梅泰莱见状,更加来劲了,他拍了拍马的后腿,力道比刚才更大了。他现在变得非常嚣张,折腾完自己的马,便大摇大摆地走出来,摔倒在一只木筏里,他使劲推着这只木筏,几乎把它推到岸边才好不容易抓住船桨。上了岸,他跌跌撞撞地向岸边的几户人家走去。迎面走来一位老农夫,这位老农夫双耳全聋,性情出了名的乖戾,他正准备去湖边查看他的渔网。两人进行了一次有趣的对话,船上的人都怀着看笑话的心情兴致勃勃地听着。

"那老头在向你乞讨呢。"诺基亚说着,两眼放光。他也打算上岸了,马蒂撑着第二只木筏,准备送他上去。

皓月初升,对于这天夜晚发生的事情,它已经静观了好一阵子。

第十八章

　　梅泰莱漫无目的地走着,他避开村庄,一头折回先前走过的郊区,这里有几户人家。他们的生活方式和他老家里的人一样。每间屋里都住着一对中年夫妇,夫妇两人脸上布满了皱纹,膝下儿女成群。这些小孩子站在那里,好奇地打量着梅泰莱这个大块头的陌生人,嘴里打着哈欠,右手食指挖着鼻屎,左边大脚趾在右边脚趾的空隙中来回戳着。梅泰莱醉醺醺地在路上蹒跚,看见这么多人在围观自己,便扬扬得意起来,以为自己是个了不起的人物,便开始引吭高歌,嘴里时不时跑出几句当初追桑特拉时唱的小曲:"和别人的马子跳舞是多么地有趣——嘿!"现在桑特拉成了他的老婆，这一切就像一场梦……一位佃农跑出来看发生了什么事，他一开始还怒气冲冲的，想知道到底是谁在外边撒野，等他跟梅泰莱说了几句话，看到这家伙手上的酒瓶后，就什么都明白了。梅泰莱在手里的酒喝光之前，又踉跄着经过了几户人家。酒瓶空了以后，他又开始往回走，嘴里嚷嚷着要去"海边"。这是他形容外面的世界常用的几个词之一。他声称去过美国，还到处跟人说要再去一次，因为这个"旧世界"给国民的待遇太差了……说着，他又醉醺醺地吼了一两声。

当他的"船"驶离上一个"港口"后，梅泰莱一头栽倒在草地上，四肢伸得直直的。他一边休息，一边哼着不成调的曲子。附近有户人家派了个小男孩过来，看看发生了什么事情。小男孩忐忑不安地悄悄靠近这个躺在地上的醉鬼。梅泰莱听见脚步声，既没有翻过身来，也没有睁开眼睛，只是躺在那里跟小男孩说话。

"给我从井里打点水来！我刚才给你钱了——把水拿来！"

"我该拿什么来装水呢？"

"那是你的事情，我不管，赶快给我拿点水来吧，拜托了！"

小男孩吓坏了，赶紧跑回家去。他母亲正出来看情况，听到醉鬼说的话，便折回去，拿了一只碗，盛满井水，给那个口渴难耐的醉汉送去了。

连梅泰莱这么神经大条的人，这周末也被一种奇怪的焦虑情绪所笼罩。先前摊开手脚躺在草地上时，他又想起自己这个周末没有回家了。他本应该回去才是,不过不管了,先找个地方待着吧——就去"海边"。

"虽然那里不是什么黄金海岸①,也不是胡椒海岸②或者象牙海岸③,但终归是一个可以去的地方……'和别人的马子跳舞是多么地有趣——嘿!'"

---

① 加纳南部的一段西非海岸。
② 利比里亚的塞拉利昂海岸。
③ 指西非的一个国家,今音译为科特迪瓦。

第十九章

萨洛宁也上了岸,他在村子的大街小巷里到处闲逛,一张年轻帅气的脸庞浮现出近乎狂喜的神情。他跟自己遇到的每一位姑娘彬彬有礼地交谈,处处表现出城里人的风范。每次谈话都点到为止,不会深入下去。他非常得体地称呼她们为"小姐",俯下身来向她们深深地鞠躬,额前的一绺长发都快垂到地上去了。他优雅地一挥手,把这绺头发拂了回去,又甩了甩头,调整了一下发型,继续往前走。等他看到一个奇丑无比的老女人,便停下来,用最和蔼的方式跟她交谈。当女人暗示他自己很穷时,小伙子给了她一张五马克的钞票。女人一开始吓了一跳,但看到小伙子认真的表情，便美滋滋地笑着离开了。看来，梅泰莱的酒劲也传染到了这位年轻人身上。

接着，他来到一座谷仓前，在台阶上坐下了。这里已经坐了一位盛装打扮的姑娘。于尔约·萨洛宁侧过身来跟她聊天。他们天南地北地聊着，姑娘几乎以兄弟般的口气问他，上游还有多少只木筏会漂到这里来。小伙子俯下身来轻声在她耳边问了一句话，只听她大声回答道："这取决于你肯不肯好好求我。"这位姑娘的容貌并非特别出众，她的皮肤比较粗糙，脸部柔软而宽大，身上散发着刚挤出的新鲜牛奶的香味。萨洛宁死死地抓住她的手腕。这时，附近一间屋子里出来一名男子，向两人走来。

"这该不会是你的马子吧？"萨洛宁问。

"怎么说呢，即使她是，要应付两个女人也够麻烦的了。"男子一边回答，一边往烟斗里放烟丝。只不过，他看起来有点紧张，姑娘似乎对他敬畏有加。他狠狠地看了她一眼，她便识趣地走开了。等姑娘走远，他的态度立马缓和下来，开始跟小伙子套近乎：

"如果那是你想要的，我这里就有很多啊，而且走几步路就到了。身上带钱了吗，伙计？"

月亮当空高挂，似乎还在上升，又或许还未西沉。船员们各自在外面逛够了，又渐次回到湖边集合。马蒂·波拉迈基也来到了岸边，他一脸虔诚地查看着斜坡上的麦穗，看它们有没有成熟。他曾经在家里种了一株小黑麦，每晚细心照看，生怕它被霜冻着。他家离这里不远，因此可以认为，两个地方的天气相差不大。波拉迈基在言行举止上总是有点孩子气。出于某种原因，他非常喜欢在湖面上筏运木材，干起活来就像疯子一样卖力，因此深得工头（"工头"这个词是他从父亲那里听来的，他一直把领班叫做工头，尽管别人一直叫老板或者"十指"。对于现任领班，他们一直粗鲁地称呼他为"五指"，因为他只有一只手）的喜爱。

第二十章

星期天傍晚，又有一辆车来到泰利兰塔家门口。车还没停稳，驾驶座上的那名男子就挥舞着戴腕表的手臂向站在门口的人致意。阿尔维德立马就认出他来了，他叫汉努，是阿尔维德的朋友。

"跟你说了我会来的吧，我这不就来了嘛。走吧，我们进镇子里去吧，那个小镇叫什么名字来着？忘了，反正无所谓，那里今晚有个订婚派对，我们去玩玩吧？"

汉努从车子里跳出来，毕恭毕敬地朝祖母走去，祖母刚好是这户人家唯一一个坐在门口的人。

"不要这么急着把他拉出去玩嘛,他在这儿过得好好的。"祖母说着,试图站起身来跟新来的客人打招呼。

海尔卡也走了出来,她认识汉努,去年冬天她在派对上遇见阿尔维德时就认识了汉努。

"你们就算要出去玩,也得等客人先坐下来休息一会儿吧,而且晚饭还没吃呢。真不知道玛尔塔为什么非得去叙耶迈基家帮着照看那头病牛——奇怪,她怎么去了那么久还没回来。真希望那边不要有事。"祖母有着自己的担忧,先头来家里取牛奶的船员看起来好像喝醉了,不过玛尔塔和希利亚走的方向跟他们走的不一样。"这么晚了,你们就别想着出去玩了。"祖母又叨唠了一句。

"噢,我们快去吧,"海尔卡说,"能带上我吗?"

"没问题,"汉努说,"只不过车子有两辆,我们不能把你分成两半。"

"没事,我坐你的车。我已经跟阿尔维德待了一整天了。"海尔卡嫣然一笑,倾国倾城。

嘿!我把帽子挂在了你家门钉上
——嘀嘟嘀嘟嘀——我把帽子挂在了你家门钉上,
我把靴子放在了你的床下,嘀嘟嘀,
我把靴子放在了你的床下。
然后我一手搂住了你的腰

——嘀嘟嘀嘟嘀——我一手搂住了你的腰,

另一只手托住了你的头,嘀嘟嘀,

另一只手托住了你的头。

年轻的船员在湖对岸一边唱着歌,一边向湖上的木筏走去。他兴高采烈,歌声悠扬。几个人站在泰利兰塔家门口陶醉地听着,不过他们没有在那里听多久。不一会儿,汉努就进了屋,他让泰利兰塔老爷替他向太太问好,还说自己很遗憾没能亲自问候太太。

几个年轻人随即上车离开了。

祖母站起身来,缓缓走向门廊左侧的偏房。一进海尔卡的卧室,只见雪白的被子和床单在床上铺得整整齐齐。海尔卡总是睡得很安稳,上床之后就能一觉睡到天亮。虽然一个女孩子家,出门这么久,不换换床单被套有点说不过去,但是它们看上去就像是新的一样——噢,窗外可以看见月亮了,它看起来是那么地奇怪。都这么晚了,玛尔塔,这个家的女主人依然没有回来。

说起玛尔塔,老太太不禁陷入了回忆。玛尔塔刚嫁过来那阵子,婆媳俩的关系不怎么融洽——正常家庭都是这样。玛尔塔一开始并不相信老太太会比她更懂得持家之道。等到玛尔塔真正见识到婆婆的厉害后,两个人开始惺惺相惜,成为了朋友。

如今,家里又来了一位年轻的姑娘——海尔卡。对于一个日渐衰老的妇人来说,看着自己的亲孙女渐渐长大,成为一个像海尔卡这样亭亭玉立的少女，总是一件幸福的事。况且海尔卡天生就很幸运——她风华正茂、貌美如花、朝气蓬勃。每当她脱下衣服，祖母就不由得想起自己的小时候，那时的她总是懵懂无知的。想起海尔卡总是能让人开心起来。愿万能的主保佑她，与她同在。

　　老太太不时往湖边看看，她的视线越过狭窄的水道看着对岸，期待着玛尔塔的船出现在那里。她在想要不要叫儿子派人坐另一条船去叙耶迈基家看看。但是——毕竟他才是玛尔塔的丈夫，老婆的事情还是该由他自己来操心。况且，在这样一个周末的夜晚，用人们都各自回家休息了，家里还有人能使唤吗？好在儿子倒是在家里。祖母担心了一阵子，最终还是上了床，伸展着四肢，不过她辗转反侧，过了好久才睡着。

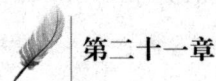第二十一章

萨洛宁一遍又一遍地唱着脑子里浮现出来的那首歌:"然后我一手搂住了你的腰——嘀嘟嘀嘟嘀——我一手搂住了你的腰……"波拉迈基和他一起上了船,他们正准备把船往木筏那边开,梅泰莱这个大块头冷不防地出现在他们面前。

"别唱了,孩子——多看点书吧。"梅泰莱吼道,与此同时,他自己又大呼小叫地像是在哼歌。这时候,马蒂和萨洛宁的船已经离开岸边有六英尺了。

"闭上你的狗嘴,瘪三。"萨洛宁大声回敬道。

"我才不会听你的呢,诺基亚。死也不会。阿门。"

他俯下身来，从地上找出一根从干草架上掉下来的木棍。

"有种你就放马过来。"梅泰莱举起这根大木棍嚣张地叫道。

其实他的木棍根本打不到船上——这一点后来在庭审上也已经很明确了。只不过在当时，梅泰莱的挑衅让萨洛宁失去了理智。他再也无法忍受眼前这个彪形蠢汉的存在，再也不想看到那张满是胡碴儿的脸。他们是宿敌，工作的时候早就剑拔弩张地对着干了，两个人之所以结仇，主要是因为梅泰莱的马。这匹马虽然是梅泰莱的，但是干活的时候，船员们会轮流骑马，每次诺基亚骑马，都会毫无必要地死扯着缰绳，对着马大骂脏话，当然，他有时候也会赏它几块糖吃。但是无论他对这匹马做什么，梅泰莱都会感到怒不可遏。

萨洛宁跳下船，涉水上岸，向着他的敌人直冲过去。梅泰莱一愣，手里挥舞棍棒的动作不自觉地停了下来，但他平日里就不够灵活，再加上醉酒，整个人更加笨拙了。还没等他反应过来，一柄考哈瓦长刀就插进了他的左胸，这柄长刀正是萨洛宁平日里练习飞刀时使用的那把，现在它的刀身已经没入梅泰莱的身体中，只剩下刀柄露在外头。锋利的刀尖捅破了他的一根肋骨，最后刺穿了他的心脏。

也就是在这时，有人听见波拉迈基冲着诺基亚大吼了一句："来点狠的！让他好好尝尝这个滋味！"正因为如此，他后来和萨洛宁一起被关进了拘留室。只不过目击者当中谁也不敢肯定他是不是真的喊过这句话。

受伤的梅泰莱意识模糊，出于逃跑的本能，他挣扎着爬起来，在绿草茵茵的斜坡上踉跄地走着，似乎想要离开湖边。他刚走到麦田，便体力不支，侧身倒在地上，鲜血喷涌而出，两只眼睛直瞪瞪地望着天空，眼里似乎已经没有了神采。但是这个星期天，他本来应该待在家里，泡着浴缸，美美地洗个桑拿，然后躺在桑特拉身边，安静地睡去——睡去——就像从前一样。

第二十二章

　　泰利兰塔太太不得不守在叙耶迈基家里。希利亚即将临盆,身边又没有人帮忙,她不能在这个时候把孕妇托给一帮孩子,自己离开,况且夜幕就要降临。她看了看希利亚为生孩子准备的东西——跟她想象的一样周到。

　　"生完这一次,再也不想受这种折磨了。"希利亚说着,叹了一口气。

　　"嗯,我能理解。照顾这一屋子的孩子已经够辛苦的了。"

　　"就是,就是,但是没有办法啊!"

　　阵痛已经开始变得有规律了,显然,不出一个小时,孩子就会出生了,但是亚尔马里还是没有带接生婆回来。

"坐那儿,坐那儿,别着急,"泰利兰塔太太说,"前几次生孩子也从没出过岔子的不是?"

"嗯,前几次都很顺利,我得上床躺一下了——又开始痛了——噢,上帝,瞧我现在过的什么生活。"

"别灰心——亚尔马里很快就会回来的。"

"噢,天哪,那头可怜的奶牛还病着呢,它怎么样了?"

"好多了,已经开始反刍了。"

第二十三章

萨洛宁的右手感觉到他的刀子插进了梅泰莱的胸膛，他还感觉到梅泰莱的肋骨被捅穿时产生的阻力。一种奇怪的、近乎喜悦的颤抖传遍他的全身，令他精疲力竭。他瞥了一眼那张满是胡碴儿的熟悉面孔，看见梅泰莱双眼瞪圆、嘴巴半张，脸上浮现出彻骨的绝望。一时间，他对这个受害者充满了怜悯。当他慢慢把刀从梅泰莱的胸膛中抽出来时，这种怜悯的感情达到了高潮。而后，他慢慢转过身来，突然冲着湖面上的船员大喊，让他们赶紧找个医生过来。但是他们的工头冷静地检查了一下尸体，心情沉重地说，梅泰莱已经过了需要见医生的时间，现在要找的恐怕不是医生，而是另一个行业的人了，说着，他面色凝重地看了看萨洛宁。

"诺基亚，我亲爱的伙计，你恐怕得吃几年牢饭了。"

萨洛宁看起来有点蒙，一开始他只是不断地喃喃自语，说这一切都是梅泰莱的错——他没事何苦挑起这个争端呢。现在，听了工头的话，这个小伙子猛然清醒过来，又开始对着船员们大吼大叫，说一定要找个医生过来。

"到村子里借匹马去，你们要是不肯去的话，我自己去。"

"噢，你当然愿意自己去啦，好借此机会开溜嘛。"

萨洛宁没有理会这句话，而是自顾自地朝村子走去。

"喂，波拉迈基、海诺宁，你们两个跟着他，我们可不能让一个杀人犯就这么走了。"

这句话又把萨洛宁给激怒了，他开始变得暴躁起来，说起话来完全不经过大脑思考，两只手插在裤兜里。他没戴帽子，浅色的头发依然整齐地向上梳着，但他咆哮的时候，手指会不自觉地捋着头发，然后甩甩头，把挡住眼睛的头发甩到后面去。

"我根本就不是什么杀人犯——要再有人敢这么说，我就跟他拼命——梅泰莱从来就不好好叫我的名字，只会叫'诺基亚'——你们这帮人也是，没一个好东西。"

说完这句话，萨洛宁狠狠地咬着牙齿，好像要哭出来似的。

"我还要在他老婆面前把他的真面目揭穿——噢，尤卡，瞧瞧你对自己、对我做出了什么样的蠢事……但是我们必须先给他找个医生——我肯定有权利给他找个医生的——波拉迈基、海诺宁,你们跟我来,我不会跑的——我们一起去找科特萨尼,去找那个体面的农夫借匹马。你们几个,好好照看那个可怜的家伙。噢,上帝,人生真是……"

他一时想不起用什么词来形容人生,就这样悻悻地跟着两个船员离开了,路上还在不停地说话,不停地咆哮。当他渐渐恢复理智,知道自己做了什么之后,内心的良知似乎一直想逃避这个无法挽回的过错。

现在他心里想的,就是去找科特萨尼,向他借一匹马,然后快马加鞭地找个医生过来。在工头的建议下,其他船员放着梅泰莱的尸体不管,让他保持着当初倒在草丛里的样子。

"这里是凶案现场,我们应该保持原状,不要破坏现场,这样有助于警方调查,"工头说,"大伙儿要记住整件事情的前因后果,每一个细节都不要放过,这里是梅泰莱最开始站着的地方……"

工头带着冷峻的表情,和其他船员一道把整件事情还原了一遍。

梅泰莱的尸体静静地躺在果实累累的峨参和含苞待放的绣线菊之间,头部有一半枕在麦田里,身上穿着灰色的毛哔叽外套,脚上套着满是补丁的高筒靴。他的眼睛半张着,像是在直瞪瞪地盯着西沉的满月,在一年的这个时节,满月通常不会在天空中停留多久。梅泰莱的马待在木筏的船舱里,旁边是他的手推车,无论是马还是手推车,都已开始显现出衰老的迹象。

第二十四章

当奥利拉家的挤奶女工埃米帮亚尔马里抓住那匹烈马之后，亚尔马里总算能启程去找接生婆了，但由于家里没有一个能帮得上忙的男士，他在启程之前还是颇为烦恼。然而，烦恼并未止于此。一路上，他都沉浸在这种奇怪的、孩子般的心境当中，内心的焦躁完全无法平息下来。但在焦躁背后，他似乎隐约感觉到一丝快意，心里非常庆幸自己能在这样一个宁静的夏夜独自驾车飞驰在林间小路上。毕竟，他已经尽了自己最大的努力，使劲拍打着马臀，以求车速更快一些。就算老婆的生产真的出了什么岔子，那也不是他的错——他现在也不必陪在她身边看着她痛苦的样子。但是他的确尽力了。天快亮了，有几户人家开始出来看风景，他没管他们，继续使劲抽打着马匆匆赶路，尽量不引起别人的注意。

等他终于赶到目的地，却发现接生婆不在家，她已经被叫到教区另一边的某个偏远农场里去了。他的马已经大汗淋漓，但他必须接着赶路，要不然老婆就只能在家里等死。除了立马赶去追接生婆，他什么也做不了。现在家里该发生的事情应该已经发生了，但他必须尽到自己的责任，既然出来了，就得给老婆一个交代……看哪，那边已经有人开始制作干草了，一个个干草垛安安稳稳地竖立在农田里。眼前的景象让亚尔马里的焦虑更深了一层，作为一名老实巴交、踏实勤奋的农场雇工，他现在没工夫照管家里的农活，但他本应该在第一时间制作好干草才对。饱受焦虑和痛苦煎熬的他对这一带的农事也陌生了起来。

当他终于拼死拼活地赶到接生婆所在的农场大院时，却发现这家产妇的状况比希利亚好不到哪里去。

"不行，还不到时候……这家的孩子可能随时就要出世了，我看我一时半会儿也走不了，"接生婆说，"但是如果你家太太的情况真的不好，你最好去找个医生。"

"我不觉得我老婆的情况比她紧急，但是这种事情总是需要帮忙的。就是……你去了我家，这里就缺人了。"亚尔马里怔怔地说了几句为接生婆开脱的话，只不过话一出口，他就立刻为自己的窝囊懊恼不已。

"是的,你能理解真是太好了。"接生婆说着,穿着那身极为干净的白大褂进了屋子,屋里有个妇人正痛苦地呻吟着,这让亚尔马里的心情更糟糕了。他还能做些什么呢?总不能接着去下一个教区找接生婆吧。他骑来的那匹马已经开始显现出疲劳的迹象了。

第二十五章

按照之前的约定,海尔卡上了汉努的车,坐在副驾驶座上。阿尔维德的车子跟在后面,上面坐着海尔卡的表姐塞尔马。一行人带着轻松的心情离开了泰利兰塔家。在这样一个平静祥和的夏夜,偶尔出门放松一下实在是一件非常惬意的事情。阿尔维德很高兴汉努能在进镇的路上把海尔卡带在身边,等到回来的时候,他们两人就可以独处了,因为汉努还要开车去别的地方,继续他的夏季旅行,而塞尔马则会在镇里过夜。汉努来这里的时机选得恰好合适。

夏夜的甜美一直伴随着游人的出行,借由一幕幕赏心悦目的美景，它与他们如影随形，一会儿躲藏在路边的乡村建筑中，一会儿躲藏在拐角的松木荒原里——直到最后，它放弃了扭扭捏捏的躲藏，大张旗鼓地走了出来，安静地栖息在一处碧波荡漾的湖面上，在远处夜色笼罩的山脊间沉沉地睡去，做着甜梦。这些游人从小受到山水的滋养，早已熟悉芬兰夏夜的恬美，因此并未特意驻足赏玩。他们见了美景，虽然满眼欢欣，却不会细细品味——到了月光盈盈、处处结霜的冬夜也是如此。"南方到了这个时候，天色估计比这里要暗很多吧。"海尔卡说着，看了看身边的汉努柔和而俊俏的侧脸。

"是啊，尤其是在沿海的群岛。"汉努回答道，这时他两眼眯了起来，好像看见了什么东西——车子正经过一座农场，有人在路上放了个干草架。"波罗的海沿岸的城市，一到晚上，所有路灯都是开着的，一路上灯火通明，其实这样的夏夜也有它的美，因为路边有许多盛开的板栗花被灯光照亮了，很好看。不过这会儿板栗花应该已经谢了。"

塞尔马这会儿还不认识汉努，她小心翼翼地向阿尔维德打听着这个人，话语矜持，却又显得唐突。

"在这样的晚上跟他一起出门，你可得当心了。他向来喜欢践踏别人的芳心，就像我们走在夏天的草丛里会踩到花儿一样。"

"或许你应该先当心一下自己。"塞尔马毫不示弱地回了一句——经她这么一说，阿尔维德才发现自己正不由自主地打量着她的侧影。先前说话的时候，她一直盯着前面那台车，这会儿也是，连眼睛都没转一下。阿尔维德看着她五官清秀的脸庞。这张脸轮廓硬朗，肌肤虽然并非滑如凝脂，但仍可以称得上是细腻。这是一张青春的面庞，只不过她那苍白的耳际浮现出来的几道皱纹还是让她的真实年龄昭然若揭。这些皱纹呈现出火一般的金色，仿佛身体内部有一团烈焰一直燃烧到了耳鬓。塞尔马是个戒备心很强的人，只要有人走近，无论是同龄女子还是男的，她的身体都会自然而然地绷紧，尽量与对方保持距离，耳鬓的金色皱纹立马显现出来。出于某种原因，她确信自己的外貌是不够好的。如果某个地位比她低的人——女裁缝、浴池服务员用颤抖的声音真诚地赞美她："您的身材真的很好。"她会觉得她们之所以夸她的身材，是因为她的脸长得不够好看。

但是此刻，在这个星期天的深夜，她又看到一群后生仔站在某个偏僻的乡野小径满眼倾慕地看着坐在车里的她。她对衣着和色彩有着超乎常人的品位，尽管谁也没有注意到她那些漂亮的衣服到底是在什么时候、从哪里得来的。她对周围发生的所有事情都心知肚明，也是个深谙世故的人。耳鬓那一缕遮挡皱纹的红色头发就像烈焰，昭示着被深深压抑的女性魅力。

在她说了那句话之后，阿尔维德忍不住一直打量着这个性情平和的女子。他虽然注意到了这一点，却一直看着前方，好像在用眼神开车似的。

车子开到一个铁路交叉口，两人都看着窗外，前面就到镇子的郊区了，小镇坐落在坡度平缓的山脊上，在朦胧的曙光中，纵横交错的道路和成百上千所房屋组成一幅壮观的画卷,连绵的湖水穿镇而过,画面的背景是工厂高耸的烟囱。估计过了那片整齐而茂密的松林,他们就能到达目的地了。

"我在想镇里到底有没有订婚派对,汉努总是时不时给我们开个玩笑,他就想把我们带出来兜兜风、找找乐子而已。"

阿尔维德说着,眼睛一直看着前方。到了镇郊,他的豪车开始引起路人的注意。几个正在附近兜风的出租车司机看着他们开车经过。

"我还蛮想要一台那种车的。"

"就算把它买下来,你养得起它吗?油费你都付不起。"

正如阿尔维德所料,汉努的车子开向了那片松林。"我们要去的地方就在山顶上,我会找到路的,放心。"出发之前汉努就这么说过。现在,他的车子开在前头,每到转弯的时候,阿尔维德和塞尔马就能看见他和身边的海尔卡谈笑风生,显然两人相处非常融洽。他似乎对该走哪个方向胸有成竹,前一秒车子还在一段鹅卵石路上颠簸,下一秒它就毫不犹豫地往右一转,上了山顶的一条公路,一排排松树夹道生长,透过树干之间的缝隙,可以瞥见深蓝色的湖水。这个时候,阿尔维德和塞尔马总算明白汉努所谓的"订婚派对"在哪里了。

车子经过一两座精心打理的商品菜园,在公路上行驶了一阵,最后进入一座阴暗、宽敞的大院。院子里并排停着好几辆车,一座古老而塌陷的石阶从地面延伸至一座露台,露台上又有好几层木质台阶通往一家饭店的大门。台阶两边到处爬满了灌木，这些灌木几乎一直延伸到屋门口。茂密的荨麻、酸模①等一切能在潮湿的土壤中生长的植物都钻了出来。坐在车里抬头望去，可以看见饭店门口站着一个绑着金色辫子的门卫。

等汉努口中的"跟屁虫"——阿尔维德驾驶的那辆帕卡德车②驶进院子里时，汉努和海尔卡已经在台阶下等他们了。

"真的是个订婚派对呢，"海尔卡对阿尔维德喊道，"还不知道是谁开的。"

不过阿尔维德正忙着开进汉努旁边的停车位，没空搭理她。饭店里传出醉人的笙歌，门廊上有人在激烈讨论着什么，他们几乎吵了起来——这些人都是饭店的工作人员。不过即使是争吵，也不过是宴会中的一个小插曲而已。

新来的宾客们在饭店里备受礼遇，主人家亲自出来迎接他们。他满脸堆笑，小声告诉他们，阳台尽头有间圆形的玻璃大厅是空着的，问他们愿不愿意进去坐坐。他生怕怠慢了客人，额头和脖子紧绷着，上面布满了皱纹。客人们齐声说好——坐哪儿都行！不一会儿，服务员就上来帮他们把桌子收拾好了。

菜还没有上来，几个人闲着没事，跑到玻璃墙前俯瞰风景。先前在山顶公路上看到的一排排松树从这个角度看一览无遗，树

---

① 草本植物，叶酸，用于烹调、做色拉等。
② 帕卡德曾是20世纪最重要的豪华车品牌之一，但由于管理不善，该公司于1958年倒闭。

冠还没有他们站着的地方高。松树的后面便是一片烟波浩渺的湖水，湖上有一两个人正在划船，偶尔还可以看到一艘摩托艇疾驰而过——虽然听不到它的声音，但看着它在水面上肆意驰骋、浪花飞溅的样子还是非常过瘾。远处还可以看见其他划艇和摩托艇——那是镇上的居民在外面玩了一天准备回家了。他们各自经历着不同的精彩，有的人回去之后还要继续玩。再过几个小时，工厂里的机器就要启动了，商店陆续开张，办公楼也会热闹起来。但是现在，船上的人依然悠闲地看着岸边，似乎在想象岸上的人过着怎样的生活、有着怎样的心境。或许岸边饭店里纵情狂欢的人群当中，偶尔也会有人抽身出来，站到玻璃幕墙前俯瞰他们，想象着泛舟湖面会是怎样一种心境。几个年轻人似乎已经融入到今朝有酒今朝醉的气氛当中，他们放开了所有的顾虑，尽情投入到享乐当中。

第二十六章

  艺术家一直在湖面上划着船四处游荡,直到迎面吹来的风渐渐变凉,手腕上也感觉到一阵寒意,他才意识到现在已经入夜了。于是他不再哼歌,转而开始考虑要不要回家了。
  一个男人如果在妻儿睡下或睡熟的时候回家,那么他在路上的心情会是两个极端——要么如孩子般愉快,要么如吃了秤砣般憋闷。当夜幕降临时,白天的浮华与喧嚣都归于沉寂,暮色重重,天荒地老。或许正是由于家庭贫困,待在家里总是痛苦不堪、精神焦虑,艺术家才会成天在外,迟迟不归。不过,当他走在路上,离家里越来越近时,他发现纵然这个家令人生厌,它终究是个能够接纳自己的地方，能使自己在夜深人静的时候有个容身之所。经年累月的家庭生活已经使屋子里的一切变得令人熟悉。在夜里安眠是一件神圣的事情，熟睡的人周围都笼罩着一圈保护他们的光环。额头后面便是大脑，在熟睡的状态下，善灵与恶灵在大脑里搏斗，美貌与丑陋的肉体经过一天的辛劳不得不退出心灵的舞台。对于一个男人来说，能够摆脱寒冷的黑夜，走进完全属于自己的温馨的家，走进妻子和孩子的安乐窝，实在是一件幸福的事情。他的家就在前面，妻子和年幼的孩子就睡在那里。

艺术家走近农场的时候，里面静悄悄的，没有人醒着。他看着自己租来的农舍，想起自己成为房客之前的那件可怕惨案：一个众人憎恶的老头和他的老伴就在这间农舍里惨遭毒手。令人胆寒的窗玻璃似乎仍然在说："噢，没错，我们就是那起凶案的见证者，但我们不能说话，所以也不能……现在你们一家子搬进了凶案现场。"

门是锁着的，他只好敲门。等了好一阵子，门终于开了，老婆穿着睡衣出现在门口，但她看也没看他一眼，就回房睡觉去了，脚步声极为均匀，夹脚拖踩在地上发出熟悉的啪嗒声。回到卧室，她一头倒在床上，一动也不动，好像丈夫没有回来过似的，看起来她的睡姿也没有变过。孩子们躺在旁边的一张床上安静地睡着。

艺术家还是没有睡意，他也不急着上床，而是走到窗前，在亮如白昼的夜色中努力寻找着什么,想靠它来打发时间。一只娇小的白蝴蝶在窗外翩跹起舞——可能他回来的时候惊扰到它了吧。它不知疲倦地扇动着翅膀,似乎完全不知道自己在做无用功……窗玻璃外侧匍匐着一只节肢动物——大蚊①,它一动不动,就像被石化了一百年似的,真是一只奇怪的昆虫,它就是夜晚的象征。它的步脚极为细长,像蛛腿一样蜷曲着,一张尖嘴从纤细的身体当中伸出来,就像一根针,两支翅膀在身体两侧平展着。这只大蚊安静得就像死尸一样,翅膀上的斑纹在晚霞的照耀下显得一清二楚。艺术家完全可以就这样看着它打发时间,然后思考为什么它的翅膀会长成这样,它们到底可以用来做什么……此时此刻,这只奇怪的昆虫唯一的使命似乎就是衬托夏夜的沉静,好比飘飞的冬雪,它的出现也不过使霜月夜的冷寂更深了一层。燃烧的霞光看起来很近,却又如此渺远,似乎是从难以想见的天堂里射过来的。

"喂,你把叙耶迈基-希利亚的乳房画下来了吗?"床上有个懒洋洋的声音问道。

艺术家没有反应,似乎还在看那只大蚊,但他其实什么也没看,只是习惯性地保持着那个姿势。过了一会儿,他转过身来,平静地环视着整间屋子。孩子们的衣服胡乱搭在椅子上,有的还

---

① 别名空中长脚爷叔,双翅目大蚊科昆虫。体细长似蚊,足长。有的很小,长的可达三厘米。

掉到了地上。这些衣服要么破破烂烂，要么满是油污。天气太热，孩子们把被子都踢到了一起，有个孩子一直在睡梦里抓着屁股上被蚊子咬的包，直到皮肤抓破了才罢手。身为人父，他静静地看着这一切，脸上竟然有些动容。老婆先前的问话就像撂在椅子上的衣服一样，无人问津。他走到另一个房间，打开了窗子。夜色更深了，才回来了一小会儿，就感觉过了很长时间，他突然心血来潮，想再出去走走。

他蹑手蹑脚地离开了家，偷偷摸摸地像个小偷似的，生怕被妻子追上。出了农场立马拐了个弯，上了进山的小道，脸上浮现出偷吃禁果一般的表情。

第二十七章

　　眼看着天都快亮了,老婆还是没有回来。泰利兰塔老爷一直在客厅里等着,他虽然并不担心老婆的安全,但还是睡不着觉,连卧室也没有进。他觉得应该是叙耶迈基家里突然出了什么事情,要不然她早就该回来了。他在房子里来回踱步,不时看着门外。有那么一刻,他突然觉得等老婆回家也是一件挺浪漫的事情,因为他很少需要这样。平常他都是早早上床,等着老婆检查好门窗就一起睡觉——那个时候她也只是走到窗前,透过窗帘的窄缝看看外面的情况而已。想到这里,他的内心就充满了幸福:这么多年来,老婆一直守候在身边,做他的贤内助。他是个精力旺盛、身体强健的人，一生当中从来没有遇到过什么重大挫折。他老婆也是，20年了，她在他眼里依然完美无瑕、贤良淑德、落落大方。

皓月西沉，泰利兰塔老爷依然在家里默默守候。

电话突然响了。这时候打来的还能有谁？肯定是镇子里那帮年轻人在恶作剧吧。

不过这打来的不是镇子里的年轻人，而是乡村医生的女佣，从她语无伦次的话当中，他大概了解了事情的来龙去脉：几个船员起了争执，其中一个人被捅了一刀，医生正在附近寻找这个人——如果他还没死的话。

"我知道了，还有什么事吗？"

"噢，先生，还有件事情得请您帮忙。湖对面有个叫叙耶——好像是叙耶迈基的人家需要医生，他们找不到接生婆，所以——"

"我知道你要说什么了，要是医生经过这里，我会把他拦下来，然后送他去湖对岸给叙耶迈基家帮忙的。"

挂掉电话后，他心情大好，好像要跟手下一起去做善事似的。当他的母亲——海尔卡的祖母穿着睡衣出现在台阶上，告诉他自己很担心时，他只是轻描淡写地说："快去睡吧，明天早上一起来就什么都知道了。"

第二十八章

叙耶迈基-亚尔马里风风火火地驾着车，竭尽全力地鞭打着累得半死不活的老马一路狂奔，终于来到了医生家门口。他从来没想过按办公室的门铃，而是跑到屋子后面的台阶上，使劲敲打着伙房的门，这招是他从父辈那里学来的。夜里静悄悄的，他听到屋子里有人在小声说话，但没有人动——看来里面不止女佣一个人。他又开始使劲砸门，直到最后，里面的人终于不再说话了，而是扯开窗帘。透过门缝，他看见一个姑娘跑到了门口。

"医生不在，他去马哈纳拉那边给一个被捅了一刀的人包扎去了。我估计那个人活不了了，但医生还是过去了。"

亚尔马里越来越明显地感觉到，他今晚无论怎样拼死拼活，到头来都是一场空。然而越是这样，他就越发地来劲，不达到目的决不善罢甘休。他尽量好好跟女佣解释自己的情况，说到最后，声音都颤抖了起来。马在旁边呼哧呼哧地打着响鼻，一副烦躁不安的样子。

女佣不愧是在村里长大的，她也在医生身边待了好几年，办起事来颇为利索。

"从泰利兰塔家那边能划船到你家吗？"

"可以，我们经常划船到对岸，怎么了？只是今天那艘船已经……"

"我会给泰利兰塔家打个电话，让他们在医生回程途中把他截住，然后划船送他去你家那儿——当然，生孩子肯定是需要产钳的，他身上没带——不过我会把产钳给你——现在，你要记住，你必须驾着马车在他回来的路上与他会合，因为万一他不经过泰利兰塔家，那可就麻烦大了。你先在这儿等着，我去给泰利兰塔家打电话，然后把产钳和其他需要的东西打包给你。"

女佣已经进入状态，她说的话对亚尔马里来说专业性太强了，让他听不懂。他唯一听懂的信息是，希利亚可能会遭遇可怕的事情，而给她带来不幸的，恰恰是远在千里之外的他。

女佣消失在房里——同时，几个满脸不爽的年轻人从伙房里走了出来——他们就是先前在屋里跟女佣小声说话的那些人。听了事情的经过，他们感觉到很扫兴，不想在这里玩了，于是纷纷作鸟兽散，要么回家，要么继续去别处玩。他们大声嘲笑着这个愁眉苦脸的男子，说他窝囊，尽管他们很清楚他为什么这么焦虑。

女佣才走了一小会儿，亚尔马里就感觉过了一辈子。最后，她终于出现在门口，给了这个愁云惨淡的家伙一个小包裹，然后千叮咛万嘱咐，让他一定要在路上把医生截住。

"泰利兰塔老爷说他会看着路边，等着医生经过的。你快走吧，直接去泰利兰塔家，不要再拖了……"

于是，叙耶迈基-亚尔马里再次踏上了行程，这次他身边多了个神秘的包裹——它就像怪物一样匍匐在脚边。他觉得包裹里装着的是可怜的希利亚的头，而他正驾着马车把这颗头运往某处。他觉得心里压着块石头，沉重得透不过气来，今晚就像提线木偶一般，任凭某种力量驱使着来回奔走。自从他在马厩里跑断了腿也捉不住这匹烈马开始，他就有种深深的无助感，这次明知道希望渺茫，也还是按着女佣的话去做了。现在肯定早就过了午夜，也不知道希利亚在家里怎么样了。

第二十九章

萨洛宁和波拉迈基、海诺宁一行人去了科特萨尼的农场给医生打电话。托他们的福,农场里的人一夜的美梦都被打破了,第二天早上还得强打着精神制作干草。诺基亚自从杀了人以后,整个人处在一种极度兴奋的状态当中,现在也是如此。波拉迈基拖着沉重的步伐走在旁边,时不时看他一眼,眼神里除了敬仰,还有些说不出来的感觉。就连这个个性最单纯的小伙子都隐隐感觉到他最铁的哥们儿有些令人恐惧了——他两眼放光,语无伦次,时不时就心血来潮地哼几句歌,声音即使压得再低,也给人一种压迫感。

"如果我失手杀了人，那我自认倒霉——我怀疑我老家那条诺基亚河到底有没有经过神的庇佑，我妈第一次给我这个窝囊废洗澡就是在那条河里——但是你也看到了，马蒂①，整件事情是他自己挑起来的，是他的错，不是我的错……而且那该死的工头还不让我找医生；他以为他是谁啊，就一个缺了胳膊的浑蛋……医生会来的，他会把那家伙的伤处理好的……'噢，亲爱的母亲，你辛辛苦苦把我生了下来……'"

接着上面的歌词，他声情并茂地唱道："……让我变成了这个世界的奴隶，让我受苦受穷……"唱到情深处，他免不了要嘶吼两句："马蒂，你以前见过有人像梅泰莱那样被捅了一刀然后直接倒地的吗？"

"没，不过我倒是在一个叫做瓦蒂塞特的地方见过一个农夫，他家里来了个不速之客，他就把那个人给捅了——好在那人只伤到左臂，不过上面还是划了道长长的口子，那血使劲地飙，根本止不住，弄得他脸色白得就像纸一样。医生说他要是再晚来十分钟，那个人就没命了。那个瓦蒂塞特的农夫脾气很暴躁，我记得有一次——"

"去你的瓦蒂塞特，拉蒂塞特——我们现在要去把科特萨尼那个家伙的农场闹翻天。嘿，有人吗？有人在家吗？你们家里来了几个杀人魔（这句话后来也被当做供词呈上了法庭，区警察局

---

① 波拉迈基的昵称。

长对此高度重视)!"

老农夫科特萨尼是个很保守的人,他个子很矮,形容枯槁,生着鹰钩鼻,分头总是梳得很整齐。虽然教堂离家里很远,但他每个礼拜日都会去一次,老伴也是一样。一家人的宁静很少被打破,就连白天也是一样。由于种种原因,他们日复一日地持续着面朝黄土背朝天的生活,只扫自家门前雪,莫管他人瓦上霜;无论是瑞年还是凶年,无论是丰收还是歉收,他们都能心安理得地接受,即使有些事情看起来并不合理,根深蒂固的传统观念也会让他们觉得这就是上帝的安排。"我可不想让杀人犯弄脏了自家地板。"农夫试图赶跑硬闯进来的人。他虽然年老体衰,但还是有强硬的时候。他自己就从来不去打扰别人的生活。

"噢,不管你怎么说,我们都是要进去的,这点你尽管放心。我们要打电话,然后借一匹马去找医生。"诺基亚说着,试图把老农夫推开,强行冲过去,但老头死死抓着他的胳膊不放,由于用力过度,他说起话来上气不接下气,声音里透出老年人特有的沙哑:

"我说了——不准——进——就是——不准——进,你——可以——告诉我——你想要——什么,然后——站在——外面——等着。"

奇怪的是,萨洛宁竟然真的被他截住了,无法上前一步,其他人穿着靴子站在门口观望着。

"但是你不清楚状况,我们那边真的有人需要看医生——他把我惹急了,我一时冲动,捅了他一刀——但是我他妈一定要给他找个医生,不管走多远,就算把整个芬兰都走个遍我也要去找……"

"不要骂脏话,屋里还有个老太太在睡觉呢。"

"很抱歉!"诺基亚在波拉迈基眼里一直是个神奇的人,现在更是如此:他站在那里向老头鞠了一个躬,郑重其事地道起歉来:"安宁与荣耀永归于女人,我忘了,不好意思。但是你也看到了不是,救人要紧,我们没时间了,快把马借给我。你要是想冲我要钱也可以,我他妈一分都不会少你的,"说着,他开始摸裤兜里的钱包,"但是你最好先去打个电话,看看医生在不在家,你告诉他,只要来一趟,就一定有钱拿。"

"不管怎么样,你先老老实实待这儿,我会进屋打电话的。"

第三十章

人们一般称呼叙耶迈基-希利亚为"亚尔马里的希利亚",就像他们一般把亚尔马里称作"希利亚的亚尔马里"一样。此时此刻,亚尔马里的希利亚身体状况依然良好,头脑依然清醒,尽管她在跟肚子里的孩子打"拉锯战"。泰利兰塔太太很快就意识到,希利亚怕是等不到她那笨手笨脚的丈夫搬救兵回来了。看着希利亚的阵痛越变越频繁,她赶紧把希利亚的长女派了出去,让她去把村里的"万金油"阿尔维伊纳叫过来,这样等到生产的时候,她们好歹有个人来帮忙。她自己则从来没有想过要离开,只有等孩子顺利生下来以后,她才会放心回家。

希利亚一动不动地躺在床上，尽量减少折腾，以保存体力。当阵痛来袭时，她死死抓着床单，指甲都快陷进木床板里去了。见此情形，泰利兰塔太太卷起了袖子，径直跑到厨房，看看里面有没有生产可以用到的东西，比如热水、合适的盘子等。阵痛一消，希利亚就恢复了往常的样子，她也不再抱怨自己的痛苦，而是指导泰利兰塔太太——找到那些必要的用具。

"哪里可以找到合适的线？"

"你去看看橱柜顶端的那层架子，那里有一些缝纫用线。"

"剪刀在哪儿？"

"那儿，那儿……"希利亚没力气说话了，只能指了指窗边的那面墙，那里钉了颗钉子，钉子上挂着一把结实耐用的剪刀，是她已过世的父亲——这个村子的铁匠亲手打造的。希利亚觉得，这个时候必须用父亲做的剪刀，而不是从市场里买来的那把，这样才能给自己带来好运。泰利兰塔太太把所有的东西都备齐了——她还给自己找了瓶洗手液。忙完之后，她也不放下袖子，而是对希利亚说：

"你最好先把衣服脱了，亲爱的，我们可能得自己接生了。"说这话时，她还没有意识到自己的语气变亲昵了，就像在对自己的妹妹说话一样。两个女人的内心此时此刻都没有一点芥蒂。

希利亚一边脱衣服，一边埋怨道：

"这个死亚尔马里究竟跑哪里去了，怎么还不回来？"

这时候，希利亚的长女冲了进来，她看起来神色慌张，显然已经到了懂事的年龄，知道这件事情关系重大。

"阿尔维伊纳去参加村子里的福音大会去了，她要在那里过夜，明天早上才会回来。"

小女孩急得快要哭出来了。

"噢，天哪。噢，天哪。而且那头牛的病还没好呢。"希利亚不由得连声哀叹。

"先别管那头牛了，自己的身体要紧……放心吧，很快就会好起来的……"说着，她赶紧转向希利亚的女儿，"你先去看看那头牛吧。"这几句话几乎是一口气说出来的，她只想快点把希利亚的女儿支开，现在基本上已经到临盆的时间了。

第三十一章

　　小镇的饭店里，两对欢喜冤家依然在享受派对的美好时光。大部分时间里，海尔卡都跟阿尔维德在一起，而塞尔马则和汉努在一起。塞尔马和汉努已经吃完晚餐，盛了红酒的酒杯放在餐桌上，就像从桌布里生长出来的几朵高贵而美丽的红玫瑰。他们俩去舞池跳舞了，留下海尔卡和阿尔维德单独待在圆形大厅里。从圆形大厅到舞池，中间必须经过一条昏暗的走道，那里有个收银台。只要跳舞的人从走道上回来，大厅里的这对情侣远远就能看见，如果他们有什么悄悄话不想让人听见，那就可以适时结束这场谈话。大厅外的狭长走廊上有许多席位，大部分都是空着的，两名上了年纪的男子坐在走廊尽头的桌旁聊了很久。后来，其中一人终于站起身来，颤巍巍地准备离开，另一个人突然用瑞典语把他叫住了："等一下！"

海尔卡坐在阿尔维德对面，感觉两个人就像回到了第一次见面时的那个夜晚，那时候首都的饭店里也在开派对。回想起两人昨晚在会客厅里看着窗外的夜景促膝长谈——因此还被祖母埋怨了一句，后来又一起经历了那么多的事情，感觉这一切都是如此地自然而然。直到现在，当塞尔马和汉努双双离去，留下他们两人单独在一起时，她才第一次感觉到羞涩。阿尔维德一句话也没说，只是呷着红酒，然后把高脚杯轻轻放在桌上。海尔卡又看了看窗外，似乎在看那些飘荡在湖面上的最后几艘游船，但她的视线飘忽不定。她在那里自顾自地说了些有的没的，好像这样做能让她开心似的。

"我们也去跳舞吧。"过了一会儿，她提议道。两人双双离开圆形大厅，向舞池走去。一路上，海尔卡挽着阿尔维德的胳膊，身体跟着音乐的节奏舞动着，嘴里断断续续地哼着歌，显然在学那首舞曲。她看起来年轻而青涩。

汉努和塞尔马在舞池里跳得很尽兴。汉努戴着一顶色彩鲜艳的纸帽，其他人也是。舞池里的吊灯都用五颜六色的彩纸包了一层，萨克斯管乐手每吹奏完一段乐曲，都会往欢乐的人群身上抛撒彩带。饭馆外面的树上都挂满了纸灯笼。难道夜晚变长了吗？答案当然是否定的，但是店家想尽全力让客人玩得开心。

一曲终了时,汉努和塞尔马恰好停在门口。舞池里爆发出雷鸣般的掌声,客人们强烈要求乐队再来一曲。汉努也情不自禁地鼓起掌来,很快,他发现自己在和旁边的一位男士说话,这名男士身边也带了个舞伴。面对台下热烈的掌声,乐队盛情难却,又奏响了一支舞曲,客人们成双成对地接着跳舞。汉努跳到阿尔维德身边时,打手势让他跳完这支曲子后在场上等一会儿。但是舞曲结束后,海尔卡和阿尔维德恰好停在门边,就径直离了场,向圆形大厅走去。一路上,海尔卡和来时一样,一直哼着刚才的舞曲,手指在阿尔维德的胳膊上轻敲着。

走廊上只剩下他们两个人。显然店家经过深思熟虑,没有在这里悬挂任何灯笼——但是这里依然亮如白昼,客人们都到别处去了。

汉努兴高采烈地从后面追上来,似乎铁了心要好好玩一把。

"喂,我说二位情侣,你们俩可别在这里发呆呀,虽然这里也可以算是今年夏天芬兰最时尚的饭店了,但也不是乡村别墅啊。我有几个铁哥们儿坐在大厅里,塞尔马小姐已经在那了,来吧,一起过去玩玩!"说着,汉努向海尔卡伸出了胳膊。海尔卡满脸通红,显然是刚喝了红酒的缘故,她现在表现得像个小女孩。

此时月亮早已落山。

第三十二章

老农夫科特萨尼对于应承下来的事情，一向说到做到，决不含糊。他不放心把马交给萨洛宁那帮无赖，于是找了个马夫去接医生——医生在电话里说了，一定会过来。他还打了个电话给警察局局长，后者表示会派一个警员骑摩托车过来调查此事。

马车就位后，萨洛宁和他的伙伴们开始往外走。诺基亚纵身一跃，跳到马车上，坐在车夫旁边，得意扬扬地吆喝其他人坐到他腿上，好像要一起去参加庙会似的。骨瘦如柴的老农夫看不下去了，又劈头盖脸地喊了一句：

"你们给我下去，要不然这车就不走了——我可不允许你们在上面撒野。"

这时,农夫的老伴已经从屋子里走了出来,她衣冠不整、步履蹒跚,面色苍白而憔悴,脸上写满了痛苦和愤怒。

"我们到底造了什么孽啊,你们就非得让两个老人不得安生吗?"

萨洛宁听罢,跳下车来,诚心诚意地鞠了个躬:

"非常抱歉,夫人,我们也就去趟主干道,不是很远,但是您的老伴稍微有点小气。嘿,老先生,您给开个价吧?我想车费我应该出得起。"说着,他马上把手伸进口袋里掏钱包。

"赶紧给我滚得远远的,越快越好。毛诺会带你们去找医生的。"说着,他砰地一声关上了门,可惜摔门的声音太大,把他的老伴吓得不轻。老农夫站在窗前,盯着那些年轻人:他们确实按照他的指示走开了,一边走,一边唧唧喳喳地说个不停,似乎已经把这个农场忘得一干二净。最小的那个人还从裤子后袋里拿出一样东西,好像是酒瓶。一看到他们,老农夫就觉得恶心、郁闷。接下来那几个小时,他根本就没合眼。他开始感觉到清晨爽朗的空气迎面扑来,看来今天又会是一个艳阳天,这让他深感宽慰。窗外开始显现出黎明的迹象:院子里,一头奶牛站了起来,一只小牛犊趴在地上摆着耳朵。角落里的蛛网也变得清晰可见;晾在外面的衣服上沾满了易碎的露珠。老农夫又走出了屋子,眼见天都快亮了,他也没什么心思再回去睡了。

清晨露水多,老人只穿了条内裤站在院子里,感受着湿寒的露气。这里的黎明静悄悄,老人对周遭的一切都很熟悉。那帮年轻人已经走远,只是他们的聒噪声依然清晰可辨。更远的地方传来摩托车的声音,那是警察局局长派出的警员来了。他看起来还很年轻,也不知是从哪里来的,老人不由心想。他环视着整座庭院:马厩里的项圈被取走了,只剩下那颗挂项圈的钉子钉在墙上;果园里的苹果树长势正好;客厅窗外的角落里生长着几株独活草①和苦艾……这便是他苦心经营的农场,是他坚固的堡垒。纵使来了几个小混混,打破了这里的宁静,那也只是暂时的。生活还会回到正轨。现在已经到了制作干草的时间,工作任务已经通知到家里的雇农了。

萨洛宁几乎已经忘了他身上还带着瓶酒,那是他傍晚喝剩下的。几个小时前,他还在村子里无忧无虑地晃悠着,后来就遇到了梅泰莱那档子破事……他把酒瓶掏出来痛饮起来,还留了一点给马蒂。

"来,兄弟,干了这瓶!我们很快就没这机会了!"

"但是他们不可能把我也抓起来吧!"马蒂警觉地叫道。

"噢,他们当然会把你也抓进去,因为他们看见我们是一伙的了,"诺基亚说道,"而且我当时跳下船的时候,你还冲我吼了一句:'来点狠的!让他好好尝尝这个滋味!'"

"我说过这种话吗?"马蒂显然被吓到了。虽然诺基亚那么说

---

① 多年生草本植物,大型香草,叶子非常香,对人有保健作用。

算是抬举他了,但他本能地意识到,这句话会给他带来很大的麻烦。警方向来是劳工的敌人,他们肯定会在这句话上大做文章的。他们肯定不会相信,波拉迈基之所以这么喊——如果他喊了的话,纯粹是出于粉丝见到偶像大展身手时的那种狂热心情,因为诺基亚实在是太敏捷、太令人崇拜了。他们一定会给他加上某种罪名。然而,马蒂·波拉迈基自己对这句话一点印象也没有,他斩钉截铁地向他的铁哥们儿申明了这一点。

"你真的有说过,哥们儿,不要试图抵赖!"他的铁哥们儿看也没看他一眼,斩钉截铁地说道。

这话让马蒂深受伤害,他觉得萨洛宁太不讲兄弟情义了,再加上他本来就喝了点酒,现在情绪更加难以控制。他越想越不对劲,急得快要哭出来了:如果他也跟着萨洛宁进了监狱,家里的伊塔和孩子们该怎么办?他和伊塔连婚礼都没有举行,根本不是正式夫妻,要是他进了监狱,她肯定会跟着别的男人跑的。

"再给我拿点酒来!"

萨洛宁刚把酒瓶递过去,他就赶紧抢了回来,因为他远远看见警察骑着摩托车就要过来了,估计马蒂刚才使劲灌酒的样子被警察撞见了,他得赶紧把剩下的酒喝完,要不然瓶子一会儿就要被没收了。

果不其然,诺基亚还没来得及把酒喝下去,就被警察一把夺下了酒瓶。警察虽然不认识他们,但从报警人的身份及这伙人的行踪来看,他们应该就是他要找的人了。

"喂，伙计们，尸体在哪儿？"

"现在断言死了人还为时过早——医生还没来，谁敢肯定他真的已经死了？况且医生正往这边赶呢——救一个人的费用，再怎么高，我也还是付得起的。喂，长官，您能再给我一口酒喝吗？您自己也喝一点吧。"

警察没理会诺基亚的请求，而是开始着手初步的审讯工作。

"你跟死者之间有没有仇恨——有没有因为醉酒或赌博而发生过争吵？"说着，警官还带着质询的眼神扫了一眼旁边的马蒂，后者赶紧回答道：

"噢，是有这样的事——他们曾经在牌桌上争吵过，而且尤卡这个人总是爱惹事，我记得有一次——"

"你可真是我的好哥们儿呀，啥事儿都跟警察说，"诺基亚抱怨道，不过他这句话好像是在说自己，"是你冲我喊'让他好好尝尝这个滋味'的，你他妈真是我的好哥们儿！"

"我根本就没有喊过这样的话。"波拉迈基急得直跳。

"嗯，这件事情我们会弄清楚的。"警察说。一路上，他都在仔细观察着这伙人，仿佛在用心记忆他们的长相特征和穿着上的每一处细节。他是个皮肤黝黑的男子，脸上生着卷曲的八字须。他现在还不能逮捕任何人，因为没有见到尸体。实际上，报警的人也没有提过尸体的事情，只是说有人被捅了一刀。于是他们就这样走着，警官推着沉重的摩托车跟在旁边。眼看着波拉迈基走过来，抓住了另一边车把手，想要帮他推车，他也并不拒绝。

距离事发地点两公里的路上,前方终于出现了车道。警官把摩托车放在路边的灌木丛里,一行人继续往前走。走着走着,他们终于可以看见农场,农场后面就是麦田,麦田的尽头有一群人在守望——那是工头和其他船员,这些人显然也注意到了他们。自从萨洛宁他们出去找医生后,工头和其他船员就一直守候在那里。

到了这个时候,萨洛宁才开始感觉到事态的严重性,他的身体不自觉地僵硬了,脚步放慢了许多。这个动作太反常了,警察怀疑地盯着他看了好一会儿,显然已经开始防着他了。他们离事发地点越来越近……萨洛宁和波拉迈基已经可以看到那个熟悉的背影,它一动不动地倒在草地上,就像平时鼾声如雷地躺在铺位上一样。他们越走越近……诺基亚一句话也不说,马蒂和海诺宁也说不出话来。

萨洛宁再也不提医生的事了,他脸色苍白,身心俱疲,口干舌燥,身边也没有什么解渴的东西,只有湖水。当他如狼似虎地向湖水奔去时,警官一把抓住了他的手腕,厉声吼道:"给我老老实实待在这儿!"态度已经跟先前完全不同。接着,警官向船员们求证道:

"这家伙是不是捅了别人一刀的那个人?"

"是的,就是他。"船员们确认道。木已成舟,就算他们再想袒护萨洛宁,也否认不了这个铁打的事实。

"是我行了吧,能不能先让我喝口水,我都快渴死了。"萨洛宁说，现在他的语气也变得阴沉沉的，似乎极力压制着内心的怒火。

"你很快就能喝到水了。"还没等诺基亚反应过来，警察就给他铐上了一副手铐，然后指着波拉迈基问其他人：

"这个人呢？事发当时，他有没有在旁边喊过煽动人的话？"

"我根本就没有喊过什么煽动人的话，是于尔约听错了。"

马蒂不自觉地喊出了萨洛宁的教名，他平时都不会这样。

"当时好像是有听到一些声音，但我也不确定他到底喊了没有。"

"那就先假设他有吧。"警察说着，把萨洛宁左腕上的手铐解开，套在了马蒂·波拉迈基的左腕上，"你俩好像关系挺铁的，我想你们应该不介意再多待一会儿吧。"

整个过程中，那个骨架粗大、长相粗犷的佃农一直躺在草丛里，一动也不动。无论你怎么看，他都已经完全没有了生命的气息。他身上穿着皱皱巴巴、松松垮垮的劣质衣服，脚上套着满是补丁的靴子，靴子浸在水里，已经湿透。他的马还在木筏上，他的家远在千里之外的第三教区。他就这么抛下了妻子、孩子和小农场，独自一人奔向了另外一个世界。

第三十三章

远在千里之外的第三教区,他的妻儿并不知道他出了什么事情。她们的生活一如往常,只不过今天有点特殊。每到星期六傍晚,桑特拉就会有一两件特殊的事情要做。

桑特拉已经给东家做了一周的麦芽酒,所有的原料都是当地的农民自家产的。蒸熟、放凉的麦子倒在桶里,拌入酒曲后,盖上桶盖,经过一周的密封发酵与糖化,就成了一桶上等佳酿。每到星期六傍晚,东家都会带着几个铁哥们儿过来尝酒。这天,他带了两个人过来,其中一个人桑特拉从来没见过,另一个来自村里的教堂,是个喜欢装腔作势的家伙。

一开始，他们坐在门廊里的一张长凳上，享受着傍晚的时光，他们甚至还打算在桑特拉家洗桑拿，但是桑特拉断然拒绝了，只不过她说话也留了些余地，尽量不让他们难堪：

"家里的水不够，所以你们不能在这儿洗桑拿，但是冲凉还是可以的。"

孩子们已经洗完桑拿了，他们各自拿着自己的内衣鱼贯而入，一进门就直接上床睡觉了。桑特拉仍不时望着路边，看起来心事重重。从她的眼神里明显可以看出，她在等丈夫回来，但同时又因为这份等待而感到讽刺。

"他今晚不会回来了。"东家说。

"这种事情，谁也说不准。"桑特拉仍然目不转睛盯着路边。明眼人一看就知道，她其实根本就不想要丈夫回来，她的态度表现得太明显了，那讽刺的眼神便已说明了一切。在客人们的催促下，她也尝了一点麦芽酒。

夜渐渐深了，坐在外面的人看久了夜色，也都腻了。虽然由于酒精的作用，他们满脸通红，兴致很高，但都觉得待在室外没什么意思，就连聊天的兴致也没有，于是搬进了昏暗的室内。窗子上挂着破旧的窗帘，桑特拉赶紧把窗帘拉开，铺了铺床，让客人们坐在上面，床边有一只箱子和几张凳子。客人们搬进来后，外面的夜更深了。这是安息日的前夜，所有人都很闲适。客人们在屋里一边聊天，一边吞云吐雾。他们谈论的话题大都是这户人家闻所未闻的，实际上，这户人家平日里很少有人来访，这间屋子早已经潮湿得快要发霉了。桑特拉给客人们倒了一大桶酒——这桶酒足够他们喝上一段时间了,她自己则悄悄溜进了桑拿房。

对于桑特拉来说,这个夜晚有些不同寻常——或许是因为平常这个时候,尤卡都会回来的。一个人洗桑拿的感觉很奇怪——这是因为她生平第一次体验被人抛下的感觉,从某种程度上讲,这种感觉很有趣。桑拿房里并不冷清:拿着一张板凳坐在角落里,听着凉水浇到滚烫的石头上嘶嘶作响,看着白花花的蒸汽迎面扑来,倒也别有一番风味。滚烫的蒸汽越来越近,似乎要穿透她的身体,窥探她的内心。它们甚至变成了一面映照人心的镜子。当嘶嘶声停止后,她开始用浸了凉水的白桦树嫩枝拍打全身,以降低体温。每天洗桑拿,不过是例行公事而已……也就是说,今晚尤卡不会回来了。如果他不回来,她就得独自一人面对家里的那几位客人了——但是这又有什么关系呢,反正他们也只是来喝麦芽酒而已。

洗完桑拿浴后,桑特拉全身的筋骨彻底放松了下来,她坐在桑拿房的门廊里,一边乘凉,一边欣赏着醉人的夜景。这时候,她心里又涌上一阵奇怪的忐忑,虽然到处都很亮堂,没什么好担心的。没有人会朝她扔石子——顶多会有一两个村民在偷看。虽然尤卡不在家,但也没有人会因为她跟几个男的待在一起而风言风语。想到这里,桑特拉不禁感到有些好笑……客人们还坐在屋里,一边喝酒,一边漫无边际地聊着天。没什么好担心的,大不了太太(桑特拉现在仍然习惯把原来的东家尊称为老爷和太太)

得到风声后会醋意大发地赶过来。如果是这样，那就让她来吧，桑特拉觉得自己也没什么理亏的，毕竟，老爷在她家里待上一会儿，又有什么关系呢？想到这里，她准备穿好睡衣，回房去了。

她先把胳膊和头套进衣服里，然后两臂伸直，把手套进了袖子里。这个时候，农场主走了出来，恰好看到她穿睡衣的一幕：那健康的胴体、柔美的曲线、丰满的乳房和干净的腋窝都一览无遗，感觉就像一座壮丽的雕像。他目不转睛地盯着这尊雕像，直到她慢慢扭动着身体，穿好了衣服。趁她转过身来发现他之前，他赶紧敏捷地溜进了屋内，就像什么事情也没发生过。

又到夜深人静时，苍茫大地上一片肃穆，小村万籁俱寂，连内心呢喃的轻柔乐章也偃旗息鼓，短暂的宁静意味深长。年过四十的农场主第一次在这样一座偏僻的小农舍里感受到了夏夜的魔力。

自酿的麦芽酒纯度高，容易上头，客人们还不太习惯。他们喝多了以后，不胜酒力，纷纷开始倒头就睡。这时候，桑特拉穿着轻便的睡衣走了进来，看见眼前的情形，她赶紧把农场主拉到门外，告诉他必须把倒在床上的那两个人弄走，不能让他们在这里过夜。她说话时，眼睛一直看着路边。农场主看着她被桑拿室里的蒸汽熏得通红的面庞，紧紧握住她的左臂，点了点头，然后进了屋。桑特拉随即进入客厅，在最小的孩子身边躺了下来。里屋里传来客人们小声说话的声音，不一会儿，他们都走了，桑特拉听见他们走进院子里的声音。

客人们的脚步声渐渐消失了,但桑特拉仍然竖起耳朵仔细倾听着外面的动静,丝毫不敢有任何的放松——果不其然,不一会儿,她听见有个人轻轻走上了台阶,溜进了门廊。紧接着,农场主的身影出现在门口,他似乎在寻找着什么,看见躺在床上的桑特拉后,他蹑手蹑脚地直奔过来,一屁股坐上了她的床沿。

"差点儿忘了还没给我们的酿酒师付钱呢。"

他一把摸住了桑特拉的右手,往她那无力的手掌中塞了两张钞票,然后抓着她的手不放。

"这次酿的麦芽酒还有剩的吧?"农场主使劲捏着她的手,仿佛那只玉手可以回答他的问题似的,但它没有回答。

"别生气,桑特拉,下一次我来一定会给你带一张收据,证明你家田契的部分款项已缴清。"

"好吧,但是太太知道了会怎么说?"

"还有酒吗?"他弯下身来,在桑特拉的耳边轻声问道。两人离得很近,他可以闻到她头发上的香味,那是洗完桑拿后特有的香味。

"去看看就知道了。"桑特拉说着,试图把农场主推开。外面传来几个人小声说话的声音,声音越来越近,那是农场主的同伴折回来了:他们见他在屋里待了那么久,都很纳闷,于是折回来看他到底在搞什么鬼。

她又狠狠地推了他一把,他任凭她推着,也没进一步发起攻势,只是使劲地捏了捏她那只拿着钱的手,算是告别,然后趁他的同伴找到他之前赶紧溜了出去。

三个男人说着话走远了,农舍里恢复了平静。过了一段时间,凌晨第一声鸡叫响起,不一会儿,墙上的钟也开始报时。桑特拉依然醒着,她躺在床上,手里拿着农场主给的钱——看来尤卡这个礼拜是不会回来了,也不知这家伙死哪儿去了。

桑特拉冥冥之中感觉到,尤卡今天晚上没有在船舱里过夜。

她又想起了酒窖里的那只小木桶,桶里储存的都是最上等的佳酿。她回想着农场主走之前说过的那些话——听起来好奇怪。她有点被吓到了,但与此同时又感觉到隐隐的快意。这时候,外面响起了第二声鸡叫。

第三十四章

　　警察给两个嫌犯戴上手铐后，便由着他们自己活动了。他不时看看他们，就像一只猫看着被它咬成残废的老鼠一样。两个嫌犯被铐在了一起，可以在警官的眼皮底下自由行动。两人这时都已口渴难耐，他们在警官的默许下走到湖边，各自用一只没被铐住的手舀起温热的湖水，直往嘴里灌。警官开始检查尸体，他毫不犹豫地把尸体翻了过来。只见死者呆滞的双眼直勾勾地望着前方，左胸上沾满了血，这些血已经凝固、发黑，透过衬衫很难看出伤口在哪儿，峨参的叶子和花已经黏在了血块上。

　　"他确实叫过医生啦。"独臂工头对着警官说道，他脸上的表情依然可以称得上是冷酷,这种冷酷有点令人难以理解。

"怎么说,现在我们才是最好的医生。我们得找匹马,拉辆车,把尸体送到太平间去。我们还得叫狱警过来一趟,把罪犯带走。"这时候,波拉迈基和诺基亚喝完了水,正往坡上走。诺基亚正在唱一首应景的歌,这是他最近从一台戏里学来的。他刚刚唱到"戴着脚镣"那句。

"没办法,现在只能再去一趟科特萨尼家,给狱警打个电话,叫他们马上派个人过来。我们这边手头也没有电话。或许我们还可以去那边那个农场借匹马来把尸体运走。"

"噢,这方法行。你们可以去那儿借匹马,米科在家——先头在来的路上,我还看到他往窗外撒尿呢。"马蒂·波拉迈基一边说着,一边用他那只没被铐住的右手殷勤地比画着手势。

警察派了一个船员到农场去借马,他自己则继续查看起尸体来。这时候,他的表情和态度已经越来越有专家范了,显然不是第一次跟尸体打交道。有一次,他甚至还从牛棚后面的一处粪肥堆里拖出了一具新生儿的尸体。

"你正好刺中了他的心脏——第一次出手就这么准,真不简单。"说着,他笑了笑,看了萨洛宁一眼,同时用他的左手小指探查着死者伤口的位置,"你完全照着马蒂的话去做了。"

"我从来就没有叫诺基亚做过什么!"波拉迈基叫道——他又想起了伊塔和孩子们。

"或许诺基亚不这么认为呢,不过这都取决于你怎么看待这件事情。"警官说道。

　　经过一夜的折腾,船员们已经精疲力竭,情绪低落。这时候,他们也注意到,新的一天已经来临。梅泰莱的马在筏子上发出了一声嘶鸣。

第三十五章

随着时光的流逝,停在饭店外的车辆越来越少。海尔卡一行人已经来了一两个小时,外面的光影流转也变得与来时大不相同。随着光影的变化,前半夜隐没在黑暗中的事物也浮现了出来。饭店外的车道就像一座背阴的峡谷,阳光或许还在对岸山脊的另一侧逗留。坚硬的砂石路面呈现出奇怪的白色,就像夜的守护者。在老树下安营扎寨的鸡群已经开始活跃起来。饭店的大门敞开着,门口的道路通往镇区。有个人在路边采了朵花,插进衣服的扣眼里。虽然饭店外吵吵嚷嚷的,但声音相比夜深时已经小了许多,人们慢条斯理地做着各自的事情。

"这次让我来开车吧。"塞尔马对汉努和其他人说。

"你有驾照吗?"

塞尔马打开手提包看了看:"你们最好都坐到后面去。"

"噢,不,我能坐到前头来帮你看路吗? '噢,克拉拉夫人,我看见你在草地上……'好嘞,我们出发了。嘿!我们还没跟其他人说再见呢!"

车子发动后,车内外的人纷纷开始挥手告别。

"不如先去我家喝杯早咖啡吧。"快到十字路口时,塞尔马提议道。

"这主意好。反正这个时候旅店里什么也没有,除了自来水。"

海尔卡和阿尔维德坐着另一辆车跟在后面,他们看到前面那台车并没有按照预定的方向前行。前排车窗口有个人伸出手来比画着手势,示意他们去泰利兰塔家。现在时分将近凌晨两点,距离泰利兰塔家还有四十五分钟的车程。

"但是我们去那儿会不会吵到你家里人?"

"没事的,我们小声点就行了。"

塞尔马似乎把车开得很快,阿尔维德则更谨慎一些。"让他们在前头飙车吧,我们有的是时间。"

镇区的公路一直往西北方向延伸。坐在车上往右看,大地广袤无垠,又一个风和日丽的早晨就要来临。穿过镇区的最后一片民宅和花园,前方又变成了松林覆盖的荒野。在荒野上驰骋数里,路边出现了一座宁静的小村庄。村庄里有教堂,一条桦树掩映的主干道穿村而过，两旁是一片又一片雍容华贵的古老建筑。花园、车道和农庄在熹微的晨光中熟睡着，让人几乎不忍直视，深怕打扰了这份安宁。

接下来又是一片绵延数十英里的荒原。一两座低矮的房屋坐落在郡与教区的边界处。在陡峭的砂石坡上，紫色的野生百里香①在松树的庇荫下灿然盛放。一只离群的松鸡跑到阿尔维德的车前使劲拍打着翅膀。前面那台车开得太快，已经没影了。当海尔卡轻轻把头倚靠在阿尔维德的肩膀上时，阿尔维德放慢了车速，想把车子停下来。

"不，不，别停下来。"她带着甜美而充满困意的声音在他的耳边轻轻说道，同时与他的身体靠得更近了。

---

① 一种低矮的小灌木，叶小，弯曲，揉碎有香气。

第三十六章

叙耶迈基-亚尔马里眼神呆滞,面无表情。他一会儿盯着老马的屁股,一会儿盯着脚边那个装着医用工具的不祥包裹。他已经驾车跑了大半个夜晚,也绝望了大半个夜晚,现在已经麻木了,不再像最开始那样不顾一切地使劲鞭打着那匹老马。驯马的口令从他嘴里说出来,也变得有气无力,像是农夫在喊耕田的号子。现在只剩下最后一根救命稻草了。虽然人马俱疲,他一心只想上桥回家,但为了把脚边那个神秘的包裹送到医生手里,他只能硬着头皮继续赶往泰利兰塔家。亚尔马里怔怔地盯着老马大汗淋漓的侧腹部,这匹马是从别家借来的,但是却被他折腾成这样，也不知道奥利拉家的老爷见了会说什么，但是情况特殊，也顾不了那么多了。

第三十七章

船员们把尸体抬上干草车时,医生赶到了现场,他还没走近,就已经把情况猜得八九不离十了。他艰难地穿过浸满露水的草丛,鞋子和卷到膝盖上的裤子都已经湿了。看着医生越走越近,所有人都沉默了。警察脸上微微浮现出满足的笑容。

"干吗要叫医生来?这里需要的只有警察和掘墓人。"

医生一脸不高兴,他把脚抬得高高的,试图在长长的湖岸边找一处稍微干燥点的地方。

"嫌犯为了保险起见……"

"哎,你们大老远地把我叫来看一具尸体有什么用。"医生说完，对着那个跟他说话的人惨淡地笑了笑，后者赶紧报之以同样的苦笑。

"马蒂，你右手还能自由活动，你帮我拿下钱包，就在我左胸的口袋里，那里还有100马克可以付给医生。"

"不用了，你自己留着吧，还有用，"医生说着，转而开始跟警察商量起双方都很熟悉的正事来，"天气这么热，我们必须在星期二之前做好尸检——那些人连个像样的地窖都没帮我造好。做完尸检，你们再履行别的司法程序吧。郡里的验尸官放假了，所以我会来做尸检的。"

所有人都听着医生和警察之间的对话——只有诺基亚心不在焉，他很生气，感觉自己被大家忽视了。现在，医生、警察和干草车上的那具尸体成了众人瞩目的焦点。

"往别人的胸口上捅一刀，这谁做不到啊，但是那个医生能给别人开膛破肚……"船员们私底下议论纷纷。医生断然拒绝了任何报酬，准备离开了。他小心翼翼地避开草上的露水，艰难地穿过草丛，朝路边走去。

"要不是草丛这么湿，我本来还会有个好心情的。这几天闲着没事，正想找个活儿干呢，但是大夏天的，总不能穿着狩猎靴出来吧……"他开始跟旁边的车夫唠嗑，问他家是哪儿的，车夫说了个地方，但医生对此没什么印象了。"我老婆生孩子那阵子找过你呢。"

"噢，没错，是欧夫罗辛·莱赫蒂迈基吧，我想起来了。咦，你看那不是泰利兰塔老爷吗？他怎么这么早就出来了？"

车夫朝他所说的方向看去，他还没来得及回话，泰利兰塔老爷站到路中间，挡住了车子，显然是有事情要跟他们商量。"早上好！"

泰利兰塔老爷把叙耶迈基家发生的事情一五一十地告诉了医生。

"我估计她的丈夫很快就会赶来了，不过你要是愿意的话，我们可以先走。我可以送你坐摩托艇过去。我会告诉家丁……"

"怎么说，我刚刚送走了一个死人，现在，在这个美好的清晨，我是应该再去迎接一个新生儿了，"医生伶俐地说道，"我们先安排一下吧，车夫，你先在这儿等着那个佃农，等他来了，就让他带着那个包裹马上赶回家里去……至于您的家丁，他不需要在这儿守着了，这里有莱赫蒂迈基就行了，莱赫蒂迈基会告诉叙耶迈基——咦，怎么这么多人的名字当中有'迈基'、'拉克索宁'的，估计跟这些山名、山谷名有关吧——嗯，我刚才说到哪儿了？噢，我想起来了，等叙耶迈基赶来，莱赫蒂迈基就会直接把他送回家去，可能他家里有什么特殊的事情吧，要不然您夫人也不会去了那么久还没回来。"

他说话的时候，一辆车突然开到他们的身边停了下来。泰利兰塔老爷看到车子的驾驶座上坐着塞尔马，汉努坐在旁边的副驾驶座上。

"我们是过来喝早咖啡的，爹地！"

"那你们得自己煮咖啡了,我得送医生去趟叙耶迈基家。"

"怎么了?出了什么事吗?"塞尔马突然感到莫名的兴奋。

"没时间跟你说了,我们出去一趟,很快就会回来的——多煮点咖啡,我们回来也要喝的。"

这时候,门口又来了一辆车——海尔卡和阿尔维德也回来了,两人在车上听到泰利兰塔父女的交谈,都表示想要同去。作为交换,他们愿意开车送医生回家,这比坐马车快多了。

"嗯,这样的话,车夫就可以回去了——噢,不对,我糊涂了,产钳还在叙耶迈基那儿呢——这里必须有人守着。人命关天,这种事情可出不得半点岔子。"

所有的事情都安排好了。塞尔马和汉努进了屋,泰利兰塔老爷一行人则去了湖边,上了一艘摩托艇。夏日的清晨,摩托艇就像一把犁头,在波平如镜的湖面上划出了三道长长的犁沟。船上的人听不见两岸的割草机发出的阵阵轰鸣,他们只能看见一个又一个早起的农民形单影只地站在岸边制作干草。

船开到一半,船上的人注意到有人驾着马车在泰利兰塔家门口停了下来,他们纷纷开始对着那边大声喊叫、使劲招手。泰利兰塔家的家丁跑到路边,跟车里的人说了些什么。船上的人看到,那个驾车的人猛地一拉缰绳,快马加鞭地赶了过来。

"要我说的话,他是在瞎忙活。他总是来迟一步,每次还没等他搬到救兵,他老婆就自己想办法把问题解决了。"医生说。

第三十八章

"图尔库①监狱你们见过几次?——这可是政府出钱修的。"警官揶揄地说道。

"噢,我进过几次,因为一些小偷小摸的事情,"萨洛宁有些得意地说,"这一次他们应该会把我当成杀人犯彻底关起来了吧。但我是无辜的,是那个人把我逼疯的。"

"这个世界就是这样,无辜的人被抓,有罪的人——拜你所赐,他最终会被埋进土里,变成食腐动物的果腹之物。我这一生

---

① 芬兰第二大海港和重要工业基地。

当中抓了很多犯人,他们大多数都是无辜的,呵呵。"

警官刚办好自己的差事,心情正好,他居高临下地跟自己手里的犯人有一搭没一搭地聊着天。他们一边说话,一边吃力地穿过湿嗒嗒的草地。由于脚上穿了高筒靴,他们完全不用像医生那样小心翼翼地避开露水,而是大摇大摆地肆意践踏着农民辛勤栽培出来的肥美草场。

走到路边,他们分道扬镳。狱警负责驾车押送犯人,警官则回去找自己的摩托车。

"警长有没有说让我把犯人带去哪儿?他今晚会审犯人吗?还是说我应该把他们带回家去?"

"警长总是会做一下初步审讯的,无论是在什么时候。"

"那好吧,我带他俩去见警长。"狱警配合地说着,朝马儿咂了咂嘴。现在,事情又恢复了常态。萨洛宁虽然自我感觉良好,觉得那些大人物都在围着自己转,但他其实什么也不是,至于马蒂——那个可笑的瘪三,那就更不用提了。即使他俩成为众人谈论的话题,那也没什么好高兴的。

旭日初升,万物开始从沉睡中苏醒。鸟儿在枝头欢唱,受惊的鸦群凄厉地叫着,扑簌着翅膀从台阶前飞到了沉睡的农舍上。押送囚犯的马车行至村庄附近的开阔地时,割草机的声音随处可闻。村民们拉着缰绳,大声吆喝着口号,驱赶着马儿将割草机往前拉,田间地头到处都是一派热火朝天的景象。对于当地的农民来说,接下来的一周是一年当中最辛苦的时段之一。在这个星期里，没有人有闲工夫在吃完晚饭之后出去散步。一到晚上，所有人都只愿意在晚饭后痛快地洗个桑拿，然后一头倒在床上，美美地睡上几个小时。

繁忙的农活将持续一整周，所有的娱乐消遣都得往后推迟。等到周末，村里的小伙子就能换上干净的衬衫，重新开始他们的夜生活了……他们将心无重负、脚底生风地流连在夜色中的大街小巷。那个时候的月色将是另一番风味，草场上甜蜜的花海也将变成干草堆的森林——这样的景致在劳动人民的眼里依然赏心悦目。

不过这些并不是田间地头早起干活的农民们所关心的事情。他们现在只想凭借日积月累的经验判断目前的好天气到底能持续多久。一旦马蝇开始疯狂地叮人，无论早上的天气有多好，用不了多久就会下雨的。

一名农夫驾着割草车来到路边的篱笆旁，他拉了拉缰绳，让两匹马儿停下来歇息，吃点干草，补充体力——直到它们忍受不了蚊虫叮咬，再次上路为止。这时候，狱警驾着马车押送着两名囚犯从路边经过，囚犯脚上的链子随着车子的颠簸而碰撞在一起，发出有节奏的叮当声——狱警已经松开了萨洛宁和波拉迈基两人的手铐，给他们戴上了自己带来的脚镣。

农夫头天晚上就已经听说邻村的船员们起了争执，现在，他看见闹事的两个人被带走了——他们脸色苍白，其中一个人还非常年轻。农夫并不同情他们，他看了他们好一阵子，然后若无其事地继续干活儿。看到被抓的犯人,他只会因为这个社会的治安得到了保障而心存感激,干起活来也倍感轻松,没有一丝紧张的感觉。尽管前一天晚上出了命案,到了早晨,地球照样正常运转,繁忙的一天缓缓拉开了大幕。

 第三十九章

　　爱子心切的泰利兰塔老太太今晚一直在关注事态的进展。她知道家里那帮年轻的孩子坐车去镇里玩了——她们坐的是客人的车子，因为家里的车子还在车库里。她还知道儿媳妇比孩子们先行一步，去了叙耶迈基家——她一定是有什么事情要处理。媳妇去了那么久，还没有回来，这让她很担心，不过先头询问儿子时，儿子只是报以幽默的一笑，这让她多少放心了一些，可以躺在床上等待入睡。

　　但她没什么困意，无法在舒展身体之后立即入睡。她开始想起自己无法拥有却又无比缅怀的那段时光……青春一去不回，这

让她无比羡慕海尔卡这样的人,她们拥有她这个耄耋老人无法企望的美丽容颜和精神魅力。

看来今晚是睡不着了,祖母总是不时地从床上起来,走到窗前看上一眼。有一次她去了隔壁房间,看着那张空空如也的床,好像不知道海尔卡还没有回来似的,不过即使海尔卡睡在上面,那张床看起来也和新的一样。老太太每次起来,总是不忘看一眼天空,看看明天的天气会是怎样。天空中没有一片云——看来礼拜一又会是个大晴天了。站在窗前,目之所及处全是一片又一片干草地,其中有自家的,也有别家的,它们错落有致地分布在湖的两岸。往事如烟,想当年她也在这些干草地上辛勤地劳作过,刀下的干草装满了一车又一车。年轻的时候,她风华绝代,村里的小伙子总是争相前来帮她磨刀,磨刀的时候,他们总是时不时看她一眼,眼里充满了倾慕……那的确是一段黄金时光,但这样的日子也已经一去不复返。如今,儿子把持着这个家,他已经快五十岁了,俊俏的儿媳妇只比他小一两岁……塞尔马也长成了亭亭玉立的少女,每当有年轻的小伙子前来搭讪——就像现在的汉努一样,他们总是会在她的心里掀起波澜。塞尔马和海尔卡——这对姐妹多么令人喜爱——她们是上帝的妙手创造出来的尤物!根据造物主的法则,她们终有一天会找到自己心仪的人,结婚生子,做一个贤妻良母,就像祖母一样。不过说来也怪,老太太总是对孙辈们的终身大事颇为操心。看在她们的份儿上,她总是尽量善待她们喜欢的小伙子。

只不过现在，她独自一人待在房间里，暗自审视着她那颗老态龙钟的心。往事如潮水一般涌上心头，她感觉到自己就像回到了意识初醒的小时候。她看着自己的手，那只手苍老、枯瘦而强健，但摸起来感觉就像她小时候第一次摸自己的手一样。她看着窗外的夏夜——准确地说，现在已经到了清晨，门前的那片湖水依然如故，她曾经整日整夜地在上面划船。附近有几座新的农宅拔地而起，但这片土地依然如故，斜坡上依然种着那几棵老枞树，斜坡边依然留着种土豆的坑。老太太本不该来到窗前观景的，那些物是人非的景象只会令她多愁善感。

祖母拿出梳子，仔细地梳着她那头稀疏的白发，她平静地把头发梳好，编成辫子，试着打了个哈欠，然后在床上躺了下来。

海尔卡还没有回来，她要是回来了的话，老太太一定会听到她的脚步声的。不过孙辈们能多一点社交活动，老太太也一样为她们高兴。对她来说，海尔卡就像她的孙女塞尔马一样。她看着她俩长大，对她们的个性再熟悉不过了。这对姐妹很快就会回来的。但是儿媳妇玛尔塔怎么去了那么久？叙耶迈基家到底发生了什么事？

既然她去了这么久，那问题肯定就不是奶牛生病那么简单了，一定是叙耶迈基家里的人出了什么事情。老太太想起了希利亚……啊，没错，她就要生第四胎了。泰利兰塔老太太对希利亚的人生起伏如数家珍。实际上，她在叙耶迈基夫妇俩的生活当中是一个重要人物。希利亚曾经在泰利兰塔家做过女佣，或许是因为这个原因，她把这里当成了自己的家，失意的时候总是会到这里来寻求安慰。她曾经是个不受拘束的野丫头——这一点老太太可是印象深刻，但在内心里，她其实是个纯洁善良的好姑娘——这一点老太太也深有体会。有一年夏天，村子里来了个大学生，希利亚与他相恋了。他走时，希利亚趴在老太太的怀里哭了整整一个小时，她就像个绝望的溺水者，紧紧地抓着老太太的肩膀不放。从那以后，老太太走进了希利亚的内心，她们就像母女一样，无话不谈。

后来，希利亚问她：

"伯母，我能和亚尔马里在一起吗……其实我有点犹豫，你也知道我以前那段恋情……"

老太太回答道：

"亚尔马里是个正派的人，他能喜欢上你，你应该感到高兴。不过有一点你要记住：在自己的心上人面前，你不需要有任何保留。除了那个学生，你还爱过其他人吗？"

"没那么爱过了。"希利亚说。

"那好，下次亚尔马里跟你求婚，你就跟他说：我很愿意嫁给你，但如果我不是处子之身，你还会娶我吗？"

希利亚照着这个指示做了，后来她把亚尔马里的反应跟老太太说了一遍。老太太现在想起都觉得好笑。

"亚尔马里怎么说？"

"哈哈哈哈……"希利亚忍不住笑了出来，"他当时那副样子太有意思了，我从来就没见过那么傻的样子。也不知道他到底有没有听我讲话，反正他当时眼睛都直了。我跟他解释了那段恋情之后，他看了我好一会儿，然后问我'那你跟那个学生怎么办？你还会跟我吗？结婚预告张贴出去会有人反对吗？'……哈哈哈哈。"

于是小两口结婚了，没多久就有了第一个孩子。老太太成了这个孩子的教母。起初她还有所顾虑："我太老了，不适合做这种事情。"——但希利亚坚持道：

"如果老太太不认这个教子，我们就不给他施洗。"

祖母站在窗前，一边眺望着湖对岸，一边品味着这些往事。等她在窗前待够了，便继续回到床上躺了下来……一种奇怪的虚弱感油然而生，她这么一大把年纪了，还从来没有体会过这么强烈的虚弱感。这种疲惫不像是身体上的，更像是心灵上的。她越来越热衷于回想自己和其他人的青春年华，越想越觉得自己这一生当中有太多的缺憾。她实在是想不明白，既然自己也不是什么不明事理的人，为什么会把人生过得这么糟糕呢？"我到底做了什么？——我膝下有这么多的儿孙，但愿他们也知道我并不是一个完美的人……"

这时候，她听到门外传来一些声响，但她太累了，懒得跑到窗口去一看究竟。她听到儿子在外面跟人说话，还有一辆车停在了家门口，尖利的刹车声隐约传来。但她不想再管了——让他们去吧！天都快亮了——要是在以前，这个时候早就开始干活了，而且中午还不午休。现在的农民有了机械化的农具,干活的时间缩短了,所以不需要起得太早,但他们在早起的问题上也决不含糊。老太太听到湖边传来摩托艇发动机的声音,发动机响了几下,终于启动了。摩托艇的声音渐渐远去。估计他们这是要去叙耶迈基家吧,她心想。可怜的希利亚,也不知道她现在怎么样了。虽然老太太心里很是担心,但她太累了,实在没有力气再爬起来关心这件事了。

 第四十章

　　这里的狱警是个名叫皮耶蒂莱的农夫，他很年轻，但他还有个更年轻的胞弟，平时两个人住在一起。他弟弟是个放荡不羁的人，成天不是喝酒，就是跟年轻的姑娘鬼混，他的桃花运没完没了。伊瓦里·皮耶蒂莱是个帅气的人，他懂得怎么和姑娘们打情骂俏。

　　这周日晚上，他又出去鬼混了。等他哥哥带着接受完初审的犯人回来时，他还没有回家。波拉迈基不是太担心自己的处境，他一倒在铺位上就睡着了。但萨洛宁没有心思睡觉，他酒劲已过，口渴难耐，使劲捶打着牢房的门，想找狱警要点水喝。

这时候，一名陌生男子走进了客厅，他没好气地问了问犯人想要什么。

"老天爷！我想要水！要不然我身上就要着火了！"牢房里传来一个焦躁的声音。

来人正是伊瓦里·皮耶蒂莱。

"你不想来口酒吗？"他叫道。

"不要捉弄我们这些可怜的犯人了！"萨洛宁回答道。

伊瓦里正在牢门上摸索，里屋通往客厅的门打开了，他哥哥站在门口，穿着内衣对他说：

"你小心点那个人，他可是谋杀犯。"

"没事，我认识诺基亚——有个礼拜天我还差点儿跟他干上一架，不过我们之间的恩怨也就仅止于此了。现在过了那么久，估计那时候的事情早就忘了。你进去吧，我来看着犯人。"

伊瓦里有些微醉，但他是兄弟俩当中比较聪明、强壮的一个，所以平时他哥哥总是会让着他。

客厅里专门辟出了一个隔间，作为牢房。伊瓦里打开牢门，那个熟悉的身影又活灵活现地出现在他的面前。曾经有一次，诺基亚的船队经过村庄时，他俩差点儿打了起来。伊瓦里虽然昨晚离凶案现场有千里之遥，但湖边的船员在争斗中闹出人命的消息还是传到了他的耳朵里。虽然诺基亚此前挑衅过他，而且在两人打起来之前就和同伴逃之夭夭了，但伊瓦里化干戈为玉帛，对待身陷囹圄的诺基亚就像对待失散多年的兄弟一样，他招手示意后者到客厅里来，两人在窗边的一张长凳子上坐下。这时候，他哥哥又穿着内衣出现在里屋门口：

"出了什么事情你自己负责，伊瓦里。别怪我没提醒过你。"

"哼，亏他自己还是个狱卒呢。"伊瓦里嘟囔道。他从口袋里掏出一瓶调配好的淡红色液体。萨洛宁蔚蓝色的眼睛在清朗的晨光中显得炯炯有神。室内虽然看不到日出，但是阳光从院子里反射了进来。

两个人开始讨论昨晚的凶案。

"那个人当场就死了吗？"伊瓦里问。

"嗯，当场就死了，没错。"

"你以前坐过牢吗？"

"倒是没坐过牢，就是被判过一大堆小额罚金。"

"你看起来不像个普通的船员，怎么会想到去船上工作呢？"

"噢，我只是想看看当船员的生活是什么样子。有很多书把船员的生活描写得很美好，所以我想亲自体验一下。但是结果船上都是些丑陋的男人，这个夏天我还没见过一个长得帅点的男人呢——自从离开坦佩雷[①]之后就再也没见过了。"

"那妹子呢？有没有见过好看的妹子？"

"喊——净是些农场女佣和洗碗工！我对她们一点感觉都没

[①] 芬兰西南部的湖港城市。位于奈西湖和比哈湖之间。是全国的铁路枢纽和最重要的工业区之一。

有……不过那把刀刺进去的时候，感觉真的很过瘾……"诺基亚一边说，一边比画着刺杀梅泰莱的手势；他两眼放光，眼珠的颜色更深了，嘴角上浮现出一抹奇怪的、享受的表情。与此同时，他伸出另一只手想要拿酒，伊瓦里也不阻拦。萨洛宁猛灌了几口酒，等他过足了酒瘾，他大叫道：

"但我没什么好后悔的，真的，我一点也不后悔。那个小伙子年少无知——他长着天使般的面庞，却像孩子般无知……"

"你说的是一个妹子吧？"伊瓦里说道。

"他长着天使般的面庞，却像孩子般无知。"萨洛宁自顾自地重复着这句话，似乎已经忘了伊瓦里的存在。他抬头望着窗外广袤无垠的天空，眼里浮现出一种奇怪的、近乎怨妇般的神情，似乎已经下意识地感觉到，自己可能再也看不到这片自由的蓝天了。五大三粗的伊瓦里·皮耶蒂莱现在也搞不清楚眼前这个年轻人到底在想什么，只能局促不安地观望着，他拿起桌上那瓶酒，猛灌了一口，心里纳闷为什么要在这里谈论一个小伙子。

黎明将至，一名老乞丐从对面农舍的门廊里走出来，脸上一副茫然的表情，像是走错了路似的。她跑到灌木丛后边蹲了一阵子，然后抖了抖身子站起来，继续往前走。时至清晨，树林里莺歌燕舞，好不热闹。

坐在窗前的两个小伙子感情渐渐疏远起来，不过瓶子里还剩了些酒。

"把瓶子给我，我要把酒喝光！"诺基亚对他曾经挑衅过的对手说道。

"喝吧，伙计，你是属神的子民，"伊瓦里说道，反正他的酒多得是，"只管干了这瓶，过了这个村，可就没这个店了。进了监狱，别说是喝酒，你想要的任何东西都没办法弄到手了，人生的所有乐趣就这样被剥夺了，想想就觉得悲哀啊——干杯！"

"干杯！"萨洛宁长久地凝视着伊瓦里，他觉得眼前这个乡巴佬真是又丑陋又粗俗，相比之下，今年春天在老家里度过的那些夜晚真是太美好了。那时候，他经常和伊尔马里——一个还在上学的小伙子待在塔边的高山上，手拉着手促膝谈心，那是他度过的唯一一段快乐的春季时光……自那以后，他的好日子便一去不复返。在生活的大熔炉里，人的痛苦有时会达到极点，以致几乎成为一种快感。在心灵的容器里，郁积的痛苦越来越多，最终会把容器撑胀得支离破碎。这就是在我身上发生的事情吗？这就是我现在的状态吗？——戴着沉重的脚镣被关在一座农舍的客厅里，等着被送进图尔库监狱？终有一天我还会被送到这里来——但此生已不再自由——噢，上帝——我到底做了什么？萨洛宁说着说着就控制不住自己的情绪，眼里噙满了泪水。眼前的乡巴佬虽然丑陋粗鄙，但他至少还是个自由身。

"哎，兄弟，你不知道脚上戴着铁环等死的日子有多难过，天知道我要在里面关多久……噢，上帝，人生真是太禽蛋了……"萨洛宁哭得太厉害了，伊瓦里的哥哥又被引了出来，他对伊瓦里说：

"看到了吧……现在整座农场的人都被你们吵得睡不着觉了。你跟那个囚犯到底在搞什么鬼……"

但萨洛宁依旧我行我素，他一边哭闹着，一边使劲摇晃着脚上的铁链。沉重的铁链碰撞在一起，发出可怕的哐当声，声音在寂静的早晨显得格外刺耳。连农场里的女佣们都被惊动了，她们睡眼惺忪地从伙房那边跑过来一看究竟。看到诺基亚的样子，她们一开始有些错愕，但马上就充满了同情。诺基亚虽然因为缺少睡眠，面色不好，而且还一副醉醺醺的样子，但他依然不失为一个年轻帅气的小伙子。他额前那一绺销魂的长发不断垂到眼前，因此他不得不时不时把这绺头发拨到脑后——用不了多久，这头美丽的长发就会被无情地剪掉，散落在监狱的地板上，然后被扔进脏兮兮的垃圾桶里了，在场的一名女佣心想。但这个年轻的小伙子大叫道：

"一介凡夫俗子的痛苦，你们又懂得多少？他那年轻的心灵燃烧着热望，但他自己都不知道自己到底想要什么。好好看着吧，姑娘们。你们至少还有个可以随时拥抱的心上人，但我呢？我什么都没有，连妈妈都没有，妈妈，妈妈……"

喊到最后，他终于消停了下来，嘴里喃喃地说着那句："妈妈，妈妈……"然后，他一头栽倒在铺位上，把脸埋进脏兮兮的床单里，嘴里依然不停地哭喊着："妈妈，妈妈……"由于他没有显露出其他的暴力倾向，嘴里喊的那句话也没有什么特别的含义，其他的人便相继离去，只留下他一个人躺在铺位上。有一位女佣走时，眼里含着泪水。可怜的姑娘，她也没有母亲——她母亲已经去世很久了；至于父亲，她更是未曾与之谋面。

又过了一阵子，牢房里传来一个虚弱的声音，那是萨洛宁在要水喝，他现在已经锐气尽失，等喝饱了水以后，便抽泣着躺在床上睡着了。整个过程中，波拉迈基睡得跟块木头似的，连他哥们儿先头在那里大吵大闹也没把他吵醒。

阳光普照，时至凌晨三点。伊瓦里的哥哥——一个脾气温和的农夫从床上起来，他一边提着裤子，一边看着自己从父辈那里继承下来的房产，心里想着割草的事情。

第四十一章

一样的清晨,叙耶迈基家里却是一副不一样的光景。在外人看来,这户人家一派祥和,令人欣羡。泰利兰塔太太已经提前将家里的其他孩子安顿好,这样一来,等那件"生育大事"匆匆来袭时,这两位心思细密、经验丰富的妇人就能排除其他干扰,全身心地投入到生产的过程当中。这个时候,虽然彼此的身份地位天差地别——一个是佃农的妻子,一个是大户人家的太太,但没有一个人因为这样的差别而心存芥蒂。

和前几次一样,这次的生产过程也非常顺利——对希利亚来说,只要开了个好头,接下来的过程便水到渠成,轻而易举。当她们听到门廊外传来的脚步声时，两位妇人的表情颇为自得——新生的宝宝已经放在篮子里了，刚洗过身子，此时此刻睡得就跟小猪一样香甜。她们以为门廊外的人是亚尔马里——那个行动迟钝的男人终于带着接生婆跟跟跄跄地回来了。然而出乎意料的是，门口出现的是村里的医生——一个年轻帅气的小伙子，他后面站着一对年轻人，女的是泰利兰塔家的人，男的完全是个陌生的面孔——希利亚昨天傍晚去找泰利兰塔太太时看见过这个人……最后走进来的是泰利兰塔老爷。

医生看了希利亚一眼——不用说，孩子已经生下来了，母子平安。但他还是坐到了床沿，握住产妇的手。

"我今晚似乎去哪儿都晚了一步，无论是送走离开这个世界的人，还是迎接来到这个世界的人。不过不管怎么说，孩子平安生下来了，真是可喜可贺。所有的事情都摆平了吗——最后那件小事情呢？"他带着关切的语气问道。

"嗯，都摆平了，现在我只希望亚尔马里他老人家快点儿回来。"

所有人都笑了。宝宝依然安静地睡着。海尔卡看着这个新生命，脸上下意识地浮现出某种敬畏的表情。她默默地把她的男友阿尔维德拉到篮子旁边。

"看她那细腻的小皮肤，多可爱呀！"

希利亚意识到医生一行人很快就会走——外面天已经大亮。她朝泰利兰塔太太使了眼色，让她帮忙把家里的钱拿出来付给医

生。但医生看出了她的意图,他幽默地说道:

"噢,不用了!我先前去看一个死人都没收钱,现在看到这么可爱的宝宝还要收钱,那就有些说不过去了。"

他带着钦佩的目光看了看篮子里的宝宝,又看了看她的母亲希利亚。这位刚强的母亲由于失血过多,脸色苍白,但她依然不失美丽动人。

"希望亚尔马里他老人家快点回来!"医生跟她握了握手,准备离开。

说曹操曹操就到。正当一行人带着轻松的心情准备离开时,他们和这家的男主人打了个照面。这天晚上,他确实可谓历尽了千辛万苦。先是怎么也抓不住那匹可恶的烈马,要不是有热心的农场女佣的帮助,他还不知道要折腾到什么时候;接下来,为了找到接生的人,他又经过好几番折腾,奔波了一整晚。最后,等他终于赶到医生家,却又扑了个空,还得专程跑回来送产钳之类的医疗器具——亚尔马里一进门,看见家里来了一群客人,医生也在里面,孩子一定已经生出来了,因为所有人都冲着他亲切地微笑着。他看了看篮子里孩子——噢,这是个女孩吧?——亚尔马里能在阿尔维伊纳回来之前好好照顾她们母女俩吗?还是说泰利兰塔太太一直守在这里?

"我得给泰利兰塔太太颁发一张助产士资格证书,以后她去任何教区都可以帮人接生了。"医生说。

"噢,这里有我老公在呢,你们先回去吧,"希利亚说,"医生你不是说过了吗，我自己就可以处理好这些事情。"

"嗯，见到你老公回来，我们也就放心了。不过你要注意，千万不要太早下床。还有，那些小孩子呀，生下来的时候总是那么乖巧可爱，但是长大了就开始捣蛋，真是让人头疼。"

医生兴致很高，虽然他今晚白跑了两趟。

"好了，我们先走了。你记住，千万不要太早下床，感觉再好都不行。"

一行人就这样离开了，很快，希利亚和亚尔马里听到湖边传来摩托艇的声音。旭日东升，阳光灿烂，夫妇俩心里暖融融的。窗外山明水秀、树木苍翠、良田沃野绵延不绝——这便是他们从小到大无比熟悉、无比亲切的芬兰美景。

"趁我还没有再睡过去，你至少让我握下你的手吧。"希利亚对亚尔马里说。她的眼睛温柔如水，爱意满盈。

亚尔马里把手给了她。希利亚握住他的手，将他拉到自己身边，然后捧着他的脸，将两人的脸庞紧紧挨在一起，这是她今晚最幸福的时刻。

"噢，今晚可把我给折腾坏了。在路上，我看到韦萨耶尔维的家门口停着辆四轮马车还是什么东西，反正那辆车有两匹马拉着——也不知道他们从哪儿弄来这么好的一辆车。上面坐着几个姑娘，应该还有一个男的，我觉得。因此我想，啊，说不定我要找的接生婆就在上面。于是我没给他们让路，而是直接跑上去问他们是不是去帮人接生的。他们一听就乐了，我估计他们的笑声把林子里的所有动物都惊醒了吧。那个时候我才注意到他们都穿着一身滑稽的旧式衣服。"

希利亚什么也没说，只是像先前一样，再次和亚尔马里脸贴着脸。

过了十五分钟，医生一行人回到了泰利兰塔家。塞尔马和汉努按照之前的约定煮好了咖啡，屋子里还有个衣衫不整、睡眼惺忪的女佣在四处忙活——她有自己的职业尊严，当别人踏进自己的领域，使用伙房里的锅碗瓢盆时，她可不允许自己还赖在床上懒洋洋地睡着。医生也走了进来，但他没脱外套，也没坐下，而是站着喝他的咖啡。

"真是精彩的一晚。你们俩错过了最动人的田园风景。"他对塞尔马和汉努说。

"虽然我见证过几百条新生命的诞生，也见证过更多生命的死亡，但我一直对生与死保持着崇高的敬畏。"

"但是医生，我们要是跟您去看田园风景了，还有谁来煮咖啡呢？"塞尔马说道。

"倒也是，"医生说着，向塞尔马鞠了个躬，"希望这里的田园风光能常变常新。其实不只七月，一年四季的景色都有它独特的美，让我们等着看吧——顺便，谢谢你们泡的咖啡！噢，我那包该死的医疗器具放到哪里去了？你们那辆帕卡德车停在哪儿了？虽然我奔波了一个晚上，但回去的时候好歹能坐上豪车，真是太好了。"

很快，医生就上路了，豪车在平坦的道路上绝尘而去。路边的干草地上，割草的农夫越来越多，他们驾着两匹马拉动的割草车热火朝天地忙碌着。也有人跑到了路上，阿尔维德不得不小心驾驶着，他时不时把车子停了下来，让农夫们先过路，用医生的话说，"要是不小心，今晚指不定会闹出第二条人命来"。海尔卡独自一人坐在车后座上，让两位男士坐在前头。

"好啦，海尔卡小姐，我该把座位让出来了——我猜你回去的时候是要坐副驾驶座的吧？晚安，非常感谢！今晚真是太奇妙了。"

第四十二章

　　梅泰莱-桑特拉虽然这周六晚上没睡几个小时,但她醒来时依然感到精神焕发,自从做了农场女佣以后,她就再也没睡这么好了。入睡时,她手里依然抓着农场主塞给她的那两张钞票。现在,其中一张掉到了被子上,另一张还攥在手里。就这么把那两百马克的钞票随手一扔,真是奢侈!桑特拉看着这些钱,又看了看窗外阳光灿烂的晨景,想起丈夫昨晚没有回家,这周日他也不会回来了。墙上的挂钟又敲响了,不过这一次,钟面上的数字已经清晰可见。桑特拉起床后,赶紧巡视了一下院子里的奶牛,身上还穿着昨晚洗桑拿时穿的那身衣服。她突然想起孩子们还没醒，幸好他们没看见自己手里的钞票。她想也没想，赶紧把钞票塞进了自己的胸罩里。早上挤奶的时候，钞票咯着胸部，感觉痒痒的，想想就让人愉悦。它们依然皱巴巴地卷在一起，和昨晚攥在手里时没什么分别。

两百马克对于酿酒师来说，着实是一笔很高的薪水。实际上，一百马克就已经很高了。但是另一方面，能得到这么一笔钱，简直就像中了大奖一样令人雀跃。丈夫下一次回来，至少也得等到下周末了，村里那些三姑六婆一定会以为她跟孩子们已经开始缺钱了……天还没有大亮，桑特拉站在门廊后昏暗的屋子里拿出藏在胸前的钞票，将它们抚平，然后按照原来的折痕折好。她把整理好的钞票拿在手里，它们就像神秘的来客一样，必须藏起来，不能让任何人撞见。家里有个铁皮箱是桑特拉专属的财产。那是他父亲亲手打造的——制箱、包铁、上漆全部都由他一个人完成。梅泰莱从来没碰过这只箱子。箱子的一端有个狭窄的隔层，上面盖着盖子，里面存放着最好的亚麻布。隔层的底部盖着一张纸，桑特拉把钞票藏在了纸下。

昨晚拿出来的杯子还放在餐桌上，杯子里剩了点酒——从把手上留下的痕迹来看，昨晚最后一个走的人显然在出门前还站到桌前喝了口酒。桑特拉站在那里，拿起杯子摇了摇，看着麦芽酒在里面晃来晃去。她把杯子凑到面前闻了闻，然后尝了口酒……酒是温热的，喝起来已经不新鲜了，但依然带有熟悉的泥土味。桶子里也存放了些麦芽酒，就摆在床头——农场主临走前还问过她这次酿的酒有没有剩。

折叠床的一角还有被人坐过的痕迹。桑特拉开始着手把它弄平，她扯了扯床单，整理了一下床上的被子，好给自己腾出一块地方躺下来。她琢磨着待会儿或许可以在这间阴凉的屋子里打个盹儿。诚然，丈夫在家的时候，这种事情她想都没有想过——因为这样做感觉太放纵自己了。但桑特拉现在是在独处，或者可以说，她是在独自一人面对内心真正的自我，这样的自我在过去二十四小时时间里以一种奇怪的方式觉醒了，它取代了她原本熟悉的自我，在内心当中占据了主导的位置，这让她多少感到有些害怕。

桑特拉这天早上打扮起来格外精心，她穿上了礼拜日的盛装，心情好得都快哼起歌来了。

等待她的是漫长而刺激的一天。孩子们吃完饭后，纷纷表示要去邻居家玩，桑特拉没有反对，但是孩子们还没走出院门，就被他们的母亲叫住了。桑特拉急急忙忙地赶上前来，声色俱厉却又压低了声音对他们说道：

"你们要是胆敢把家里发生的事情说出去试试看，小心点。不管别人怎么问你们都不要说，你们给我好好记住。"

孩子们完全蒙了，他们实在想不通母亲为什么突然就翻脸了，她早上明明还好好的——而且可以说是格外地温柔。他们一时也想不明白她所说的"家里发生的事情"到底是指什么。

最后，他们当中年纪最大的小女孩开口了："应该是指昨晚三个男的来家里喝酒的事情。"

孩子们站在树林的门口观望着,他们看见母亲在用嘘声把牛轰走,似乎连动物在她身边都让她感到厌烦,她的秘密在动物面前都要遮遮掩掩。

 第四十三章

泰利兰塔一家沉浸在欢乐的氛围中。

老爷和太太美美地睡了个好觉。他们俩刚进卧室的时候都感觉到了夜晚的丝丝凉意，这对年过半百的老夫妻借机调侃着自己的身体状况，同时给了对方一个温暖的拥抱。

虽然附近有一两家农场已经早早开始赶工——有几个还没到午夜就开始劳作的农夫正准备收工回家，但泰利兰塔家上上下下都打算先睡几个小时再开始一天的劳作，毕竟大家今晚都没怎么合眼，明天还有一整天繁重的农活在等着他们，泰利兰塔老爷可不想打疲劳战。主子尚且如是，仆人们就更不用说了。

经过一晚的折腾,休息几个小时又有何妨?反正几个小时的时间也干不了多少活儿。最重要的是要充分地养精蓄锐,无论休息的时间多么有限。很快,整个农场的人都睡下了。连伙房的女佣干完活儿也跑到隔壁的用人房里倒头就睡,衣服也没来得及脱。想起医生先头打趣她的那番话,姑娘嘴角带着微笑,沉沉地睡去了。

所有人都睡了,除了祖母,她虽然看到全家人都已经安全归来;甚至还听到海尔卡和阿尔维德进了房间(虽然他们好像在熬夜交谈),但她还是睡不着觉。

几个小时前,祖母见她的儿媳妇去了叙耶迈基家迟迟未归,心里非常着急。她开始感觉到人生无常,一个人出了自家的门,指不定会在什么地方遇到什么不测……此外,她对自己的孙辈们也放不下心,一整晚都在想着她们。她也不是担心她们照顾不好自己,而是怕万一车在路上掉到了沟里,那就不是以前雪车翻倒那么简单了。纵使再好的车子也不能保证里面的乘客能在事故中毫发无损。除了担心孙辈们的安全,她还怕她们遇人不淑。海尔卡似乎跟阿尔维德很熟,以她这么多年对海尔卡的了解,这孩子的眼光应该错不了。但塞尔马的护花使者就比较可疑了,他之所以会来这儿,只是为了探朋友,而他的朋友也只是这里的访客而已……正因为如此,祖母才会有自己的顾虑……她也不是不了解塞尔马的为人,但这个远道而来的年轻小伙子或许会伤她的心。尤其以塞尔马的个性,她在这个年龄段最容易因为一些不幸的小事而毁了她的一生。因此，无论今晚事情的发展多么顺心顺意，祖母也无法打消她的顾虑。

从傍晚开始，她就一直在琢磨这些事情，眼见天都快亮了，再不睡觉，以她这一大把年纪，恐怕身体要吃不消了。但如果实在没有睡意，何苦要强求呢。毕竟，她也不需要驾着干草车、拿着长柄叉下地干活。年轻的时候，她干的活已经够多了，只不过那时候割草用的是长柄大镰刀。她用的那把草耙还是农场的雇工帮她做的……

她知道再过几个小时，自己想睡也没机会了，不管晚上熬了多久。不过等到中午最热的时候，她倒是可以打个盹儿。

于是她回到了自己的床上，但这张床已经不像丈夫在世时那么温馨了。丈夫去世已将近二十年，她用了六个月的时间才走出痛苦的深渊，那六个月，每到夜深人静时，她就备感酸楚——那是一段痛苦的时光——奇怪的是她今晚竟然会想起这些。几乎有一年的时间里，她每天晚上都是在默默哭泣中睡着的。她从来没把这件事情告诉过任何人，毕竟，有什么好说的呢？当别人惊叹她老得太快时，她只是微微一笑。她喜欢开玩笑说自己再婚的事情——"要是有个合适的人帮我说媒就好了，可惜连莱普希那个老家伙都干不动这一行了。"她一直平复不了内心的创伤，后来，她去远在三个教区以外的女儿家小住了一段时间。每天看着孙儿们嬉笑打闹，做祖母的心里备感宽慰。三周后，当她回到家里时，第一晚就睡得跟石头一样安稳。从此以后，她对农场里的每个人都像慈母一般——不仅对儿子和媳妇如此,对用人和佃户们也一样关怀备至。

她很奇怪这些事情为什么会突然涌现在脑海里,往事与新事搅在一起,乱成一团……此时此刻,她已确信自己的儿媳玛尔塔之所以迟迟未归,是在照顾怀孕的希利亚。

老太太又从床上爬起来,走下门前的台阶。她看到儿子一个人站在庭院里,身上还穿着外衣外裤。面对老太太的关切,儿子只是幽默而轻描淡写地回应了一句,看也没看她一眼。自从结了婚以后,他对自己母亲就一直是这样的态度,为此,玛尔塔还帮她的婆婆在丈夫面前抗议过多次。

祖母回了屋,嘭地一声关上了身后的门。拴在谷仓角落里的马受到了惊吓,发出一声嘶鸣。祖母实在太累了,但她感觉到自己要过很久才能睡着。

一种不可言状的痛苦感油然而生,它愈发地强烈,但没过多久就消失了。有那么一刻,她突然感觉到自己像是回到了出生时的状态——这种状态不可能有人会记得。

就在这时,她的休息又一次,也是最后一次被外面的动静搅扰了。听到汽车启动的声音,她强打着精神走到窗前,看到海尔卡和阿尔维德坐在前排座位上,眼睛看着前方洒满晨光的道路。那是她女儿的女儿——有那么几秒钟,做祖母的体会到了世间最深刻、最温柔的爱,她恨不得自己能看穿前路,看到孙女的未来,一想到这样的未来,她这把老骨头就感觉头昏脑胀。与此同时，她也知道这世间最深刻、最痛苦的悲哀——那就是一个人孤零零的，不被人需要的感觉！

　　她躺到床上，在强烈的困意中沉沉地睡去。

第四十四章

夜幕降临时,当一个一心想家的的男人走在回家的路上,想到老婆和孩子就在家里安全地等着,心里无疑是幸福的。就算这时妻儿已然熟睡,他们也会在梦醒的第一时间欢迎他们心中的一家之长。带着这样的心情,男人在回家的路上很少会在意周围的风景。他的步履会比白天轻快一些,但仍不失为稳重——他知道等待自己的,是一个温馨的居所。等他到了家,一打开门,就会迫不及待地走进去。屋子里的一切——墙壁、门窗、天花板、烟囱——似乎就像一只昏昏欲睡的母鸟,等待着最后一只游荡在外的小鸟唧唧喳喳地躲进它宽大的翅膀里。

虽然说家庭和美的人是幸福的，但我们也不能断言那些漂泊在外的人就是不幸的，尤其是那些孑然一身流连在夜色中的人。如果说荒野中茕茕孑立的房屋就像母亲一样接纳着漂泊在外的游子，那么一望无垠的夜空和苍茫广阔的大地又何尝不像慈母一样，包容着最孤苦的灵魂，抚慰着他们在自己的怀里安然地睡去。对于北方人来说，月是故乡圆。脚下的土地就是他们慈爱的大地母亲，他们源于尘土，也归于尘土。终有一天，他们希望自己的灵魂能在头顶那一片广袤无垠的天空中悄然苏醒。对于一个深夜在外徘徊的游子来说，最痛苦的事情恐怕莫过于满腹的忧伤无处排遣，只不过这样的人往往会把痛苦埋藏在心底。

虽然说深更半夜在外漂泊的游子并不一定是不幸的，但如果一个男人在夜里迟迟归来却一刻也待不住，不到一会儿又跑出去继续闲逛，这样的人未免也有些可悲。对于家人来说，他就算回来以后大吵大闹也比就这么悄无声息地离开要好一些。虽然北方的夏夜亮如白昼，但人的内心总有些情绪在夜里会陷入蛰伏的状态——当心绪不安的游子离家出走时，这样的情绪便会被唤醒。当他离开时，身后的房屋似乎在注视着他渐行渐远，它那慈母般的眼睛不再因为瞌睡而紧闭，而是无精打采地睁着，似乎在等待黎明的到来。它就像一个睡眠很浅的老人，一旦被打扰，就再也睡不着了。

当艺术家沿着屋子拐角处那条熟悉的小路走到尽头时，他放慢了脚步，但这次出行也并非毫无目的。他一声不响地四下张望着,似乎在寻找着什么,尽管路边那片杂乱无章的丛林里似乎也没什么东西可找。他在小道上停了下来,目不转睛地看着什么,眼神跟先前在湖面上休息时一样,只不过这一次,他的两眼并非空无一物,而是紧紧盯着丛林里的地被植物。地上爬满了蕨类植物和苔藓,它们一直向远处延伸,最后被杂乱低矮的灌木丛、爬满青苔的树桩和粗壮结实的树干遮掩得无影无踪。这些地被植物散发着潮湿的气味,它们看起来一团模糊,在夜间反而比在白天更容易引人注意。它们一动不动,似乎只是附着在地表,而完全没有任何的生机。它们"看不见"不期而至的艺术家,也不会在他的注视下发生任何改变。任何一个从路上拐进丛林里的人都不会觉得这片丛林有什么特殊的地方。

艺术家在路边观察了好一段时间,终于情不自禁地迈开步子,向丛林深处走去。走了几步,他停了下来。在茂密的丛林里,他的视野非常有限,只能走一步看一步。他又不假思索地走了几步,停下来,又继续往前走。他看了看身后,来时的小路已经完全隐没在丛林中。他又看了看四周,发现自己正处在一个密闭圆形空间的正中央,圆的半径为几个手臂的长度。这个空间隐隐约约被一种阴郁而彻骨的绝望包围着。头顶那片白茫茫的天空在密林的遮挡下只露出一小块,它的边界崎岖不平,整体感觉就像人的衣服被撕开一道口子以后露出的一小块皮肤。密林包围的空地就像一口井,不管头顶那块"皮肤"多么白皙、多么光滑,站在井底观看,终究只是管中窥豹,不见全貌。

他站在那里，部分意识与丛林里阴暗潮湿的地被植物融为一体。"为什么要在深夜里四处游逛呢？就算你不停地游逛，又能找到什么呢？唉，这一次，你看起来如此渺小。你很清楚自己无论如何也做不出什么惊天动地的大事来。为什么要摆出一副苦大仇深的表情在这片半沼泽的荒野里傻站着呢？"

他如此这般地扪心自问道，久而久之，似乎连狭窄的视野中触目可及的一片片阴暗潮湿的植物都在如此这般地拷问他。

艺术家又继续往前走，他似乎在找一个合适的地方坐下。和之前的梅泰莱-尤卡一样，他一屁股坐在了一堆草丛上。这片地方给人的感觉更加清静，先头盘踞在脑海中的疑问也荡然无存。此时此刻，他心如止水，远离尘嚣。树林里鸦雀无声，没有夜蛾和昆虫出没，连一只唧唧喳喳的小鸟也看不见。空气中充满了丛林里特有的浓重而潮湿的泥土味。在这荒郊野外，他可以为所欲为，不用担心被人撞见。

艺术家的脸渐渐扭曲起来，他双眼圆睁，带着稚气的表情死死地盯着某个不存在的东西，怎么看都像是在疯疯癫癫地傻笑，不明就里的人会以为他是个弱智。这张脸时不时地放松下来，想象力开始天马行空地任意驰骋。艺术家用尽全力，试图使自己相信所有的事情都比他想象的更加重要……他想到了自己先前在摇摇欲坠的床榻边看到的孩子，他太清楚他们的脆弱了，他们在人生的道路上手无寸铁，极易受伤——是他把他们带到这个危机四伏的世界上来的。他想象着他们此时此刻在那间阴暗的小屋子里熟睡的样子，回想着他们一路走来经历的各种磨难和小小的惊喜，这些经历只有慈爱的父亲才会为之动容。只有做父亲的才知道所有这一切是多么的脆弱和无助，只有这个深更半夜抛妻弃子，一个人跑到山上的男人才知道妻儿的命运是多么地风雨飘摇。至于他自己的命运，那就更不用说了。

他鼻子一酸，抽泣起来，感觉就像在苦笑，其实这种感情是他自己喜闻乐见的。他的脸又扭曲起来，内心寻找着能让自己哭泣的其他事情。年轻的时候，这样的事情从来没有少过。是不是每个人都对自己的青葱岁月最为满意呢？成长之所以痛苦，是因为人们会意识到自己的不完美之处。

坐在丛林深处的艺术家眼里涌出了泪水。黄金般的青春岁月如梦境般浮现在脑海里，这场大梦挥之不去，直教他老泪纵横。二十年前，他的眼泪不像现在这般冰冷、干枯，它们是生而为人的切肤之痛带来的情感喷发，是年轻人对青春与热血撕心裂肺的宣泄和释放，是这份崇高的血性带来的难能可贵的福祉。

现在，这个行将苍老的男人总算想办法挤出了一两滴眼泪，但是他的抽泣当中还是有几声刻意的干笑，一点也不像是一个男人在沉痛地哭泣。不过，他哭的时候一头扎进了草堆，跟他24岁时的德行一样。有那么一两刻，年轻时期为数不多的几个单纯而美好的画面萦绕在他的脑际。这次抽泣并没有给他带来多少安慰——草丛的气味很快就吸引了他的注意力。他一边煞有介事地分析着这种气味，一边好奇地观察着草丛。

他站起身来，向四处看了看，好像刚睡醒似的。脚下的地被植物与头顶的天空相比前段时间已经明显变亮，晨光甚至照到了密林里。正如上帝不偏不倚地关注着每一个灵魂，不管他是好是坏，太阳升起时，也会将阳光平等地洒向每一个子民，不管他是身陷囹圄还是站在密林里的一棵树下。世间很少有阳光照不到的地方，如果一个人的心灵连阳光也照不进去，那么或许连上帝也不会管他的灵魂。

艺术家朝来时的小路走去，他一边走，一边静静地想着自己年轻时深爱的姑娘。他想爬上山去，向她所在的方向遥望。他对自己刚才情不自禁地哭鼻子感到羞愧不已，先头在家时情绪还很平稳，家里的一切都让他很有优越感。艺术家越往山上走，头顶的天空便越发开阔，晨光也越发明朗。虽然彻夜未眠，他发现自己一路上都在哼歌。这一次哼的曲子完全没有旋律，调子越唱越高，他不得不时不时把调子降下去，要不然这首曲子就没法唱了。他站在山顶，面对着自己年轻时常常遥望的那个方向放声歌唱。他甚至还即兴发挥，唱了一首自己完全没有听过的曲子。唱歌时，他直视着地平线上的朝阳，阳光被地表的尘埃削弱了，因此并不刺眼。

站在山巅，回首往昔，青春时代的美好画面已成镜花水月，触不可及。流金岁月沉淀下来的美好回忆对他而言，已是一份弥足珍贵的财富……脚下的土地是一代又一代人繁衍生息的根基。放眼望去，一片又一片耕地和农舍延绵不绝，郁郁葱葱的森林与地平线上的晨雾融为一体，湖泊溪流星罗棋布，拔地而起的高山与令人倾心的秀水相映成趣。大地母亲以她丰厚的物产哺育着一代又一代的人，任他们用斧头毁林、用耕犁开荒，然后在开垦好的农田里撒播希望的种子，等待着收割和死亡。生命自有定数，我等凡夫俗子也无须杞人忧天。

从他所在的地方可以看到泰利兰塔家的屋顶。这让他想起了老工人马努，那家伙的木炭坑肯定已经烧完了。"我得去看看马努，我已经很久没往那边划船了。"艺术家往山下走去，他的脸在阳光的照射下显得容光焕发。他气定神闲地从家门口经过，好像跟这个家毫无关系似的。他来到水边，又一次把小船往湖心推去。

第四十五章

马努的木炭坑肯定已经烧完了，但马努总是对他烧过的每一个木炭坑都怀有特殊的感情，它们就像朝夕相处的同伴，陪伴着他消磨了漫长的炎炎夏日；又或者，它们是他的守护之物，作为守护人，他必须时时关心它们的状况。要是让木炭坑离开他的视线太久，里面的炭很有可能会被烧完。但是只要烧炭的过程进展顺利，木炭坑里就会涌出几大桶金贵的液体，这些液体聚天地之灵气，集日月之精华——它们就是木焦油。木焦油质地黏稠，流动迟滞，能装水的容器不一定盛得了它。或许这个道理对红酒也是一样，毕竟，红酒也是一种集日月之精华的产品。

艺术家曾经跟马努提过这个猜想。

"噢，我对红酒真是一窍不通，但酒这种东西肯定非常挑容器的，"马努回应道，"在北方，炼焦油的时候还蛮适合喝酒的，洗桑拿的时候也是。"

于是艺术家跟马努说了一连串化学物质——这些物质都是焦油和桑拿房里的烟雾中特有的化学成分，然后跟他解释了一下酒的来源。马努尽可能用他那宽厚的嘴唇嗫嚅着，艰难地跟着艺术家复述那些奇怪的化学名称。

不过这周一的拂晓时分，当两人在炭火熄灭的木炭坑旁见面的时候，他们却无话可说。马努跟平常一样，还是穿着那身工作服——裤子和靴子都没换，只不过托安息日的福，他穿上了老爷穿过的最好的衣服。"这件衣服是用上好的布料做的，不过老爷没有儿子，他就把这件衣服给我了……"由于身上穿着这套行头，再加上昨晚的风声也肯定传到了他的耳朵里，马努这会儿不想说话，脸上一副沉闷的表情。诚然，他不知道艺术家昨晚干了什么，也不打算问，但看这家伙大清早的就在这里面无表情地闲逛，肯定不是什么好事。每个人都有自己的烦恼。

"昨晚有人被杀了。"马努皱着眉头说道。说完，他向凶案现场的方向看了一眼，"现在他们杀人就跟捏死一只跳蚤一样，连眼睛也不眨一下。上梁不正下梁歪，怪不得那些伐木工人能干出这种事情来。"

艺术家什么也没说，只是点了点头，跟马努看着同样的方向。

"还有，叙耶迈基家的希利亚遇到了点麻烦，他们去找医生去了。"

"她怎么样了？你有那边的消息吗？"艺术家转向马努问道。

"没听说，不过我看见他们回来的时候都一副欢天喜地的样子，估计所有的事情都顺利解决了吧！"

"这样呀……嗯，那估计就是了。"

"嗯，事情就是这样。我们有时候总是紧盯着自己的苦难，以为自己才是最苦的，其实不然，别人的情况或许比我们糟糕许多……噢，我突然想起现在差不多该回家了。你的船划过来了吗？"

"嗯，就停在你的船旁边。"

马努什么也没说，只是低下头又看了看他的木炭坑，艺术家则看着马努——这个老练的工人在丰富的人生阅历中有了一种化繁为简、平心静气的智慧。艺术家对马努的人生起伏略知一二，马努对他的经历也能猜到一些，尽管他们从来就不谈论这样的话题。现在，两个铁哥们儿向水边走去，马努在前，艺术家在后。他们各自将小船推向不同的方向，向对方点了点头，然后将小船向自己的家划去。

第四十六章

这个礼拜天，梅泰莱-桑特拉度日如年。到了晚上，农场主终于来了，这一次，他是自己一个人来的。桑特拉彼时还在里屋，听到脚步声后，她赶紧跑到走廊，看到农场主后，她不自觉地停了下来，两眼直视着他。她跟他握了握手，犹豫了片刻，然后将他带进了卧室。

于是两个人开始偷情——到了周一拂晓，旭日初升之时，农场主在梅泰莱家的里屋酣睡着，身上还穿着衬衫，脚上还穿着袜子。桑特拉还睡在昨晚睡的那间开放式厨房里，跟昨晚这个时候一样，她醒了。好在夜里孩子们总算睡着了。傍晚的时候，当农场主和她嬉闹着追打到外面的走廊上，冷不防将她抓住时，最小的孩子吓得尖叫了起来。在平静的小村庄里，一般不会有人做出这么激烈的反应，除非看到别人打架。

桑特拉一动不动地躺在厨房里，两眼直直地盯着前方，好像在等待着什么。在等待中，她回想着昨晚发生的事情。又或者，她在思量自己目前的处境。这一切就像一场梦，它来得那么突然、那么猛烈。相比之下，远在千里之外的梅泰莱，以及睡在卧室里的老爷，都显得那么地无关紧要。桑特拉感觉到内心深处涌上一阵沉重的倦意，同时又有一股力量突然爆发了出来。这种感觉就像多年累积的重担突然卸掉了一样，她一时间难以适应，不胜惶恐，却又兴奋至极。桑特拉觉得她的生活再也回不到从前了，就连回到昨天的状态也不可能。她觉得从今往后，丈夫再也不会走进她的生活了。虽然这么多年来，他其实也从来没有走进过她的生活，只是麻木不仁地待在这个家里——不对，他其实连家也不怎么回。既然他这么喜欢待在外面，就让他待在外面好了。家里没有他待的地方。家里只有我和……

桑特拉知道自己在想象着某件事情，每当她直面自己的想法时，内心莫名的兴奋就开始潜滋暗长。事情不能再这样发展下去了，除非他留在这里——在桑特拉心里，他已经不再是"老爷"了。但即便如此，一想到天就快亮了，她心里就七上八下的。天一亮，老爷就要回去了，农场里的活儿需要他帮忙，家里的亲人也挂念着他——噢，他还提出要让她的长女过去帮忙拾穗——中午还得留在他家吃那可恶的女人做的饭……噢,这可不行——我得想办法争取自己应得的,然后紧紧地抓着它不放……

桑特拉猛地站起身来,从壁橱——确切地说是尤卡的壁橱里拿出一张卖契,这是她家佃耕地的卖契。里面的内容写满了一张纸,她不得不把这张纸完全展开,才能看到所有的收据。纸上写道:"上述买价中的一百马克……一百五十马克(已付清)……"最后一行是签名和一张手写的收据,字迹非常清晰:"上述买价中的五百马克已收到,谢谢……"

桑特拉将卖契沿着原来的折痕折好,但她这次没有把它放回壁橱,也就是尤卡的壁橱,而是塞进了自己的衬衫。藏好卖契之后,她走出客厅,穿过走廊,进入门廊,站在那里看着外面的景色。眼前的景象对她来说完全是陌生的。卖契的尺寸太大,放在胸前有点藏不住。这张纸比昨天农场主给的那两百马克大多了,但桑特拉还是把它勉强塞了进去。门廊外,阳光透过空气中些微的潮气倾泻下来。奶牛和小牛犊依然趴在院子里熟睡。现在还是凌晨,但新的一天已经来临。这个时候路上不会有行人出没,至少暂时不会。

农场主注意到桑特拉胸前藏了东西——他很快猜到了那是什么。桑特拉碰他时,他刚睡醒,脑子里还有些微的醉意,但一看到她胸前的东西,他就完全清醒了。现在还是凌晨时分,不算晚。

"我要不要再给你写个五百马克的收据?"他在她的耳边轻声

说道。

"上次有必要给这么多吗?"她柔声细语地跟他咬耳朵。

"我该走了。"

"别这么快走,我在这里一刻都待不下去了。"

"你能的,我又不是不回来。"

"今晚就过来吧,要不然我真的待不住了。你让我这一整天怎么过?我什么事情都做不了。"

晨光熹微,农场主已经能看清眼前这个大骨架少妇的倦容。他坐起身来,先后把右脚和左脚抬起,小心翼翼地越过她的身体放到了地上。

"壁橱后面还有些麦芽酒。"桑特拉说。

农场主摸索着抓起了杯子,贪婪地灌了几口麦芽酒。他换了口气,又灌了几口酒,便拍拍袖子走人了。

第四十七章

祖母当时并没有看错。马努和艺术家也听到了车子启动的声音。在泰利兰塔家,所有人都在欢天喜地中沉沉地睡去,没有人看到绝尘而去的汽车——除了祖母,她根本就没合眼,只是感到深深的疲倦。

对于老工人马努来说,离开一个炭火燃尽的木炭坑就像告别一个重要的人生阶段似的,心里空落落的。每次转身离去,他都感觉自己像是老了几岁。他慢悠悠地划着船向家里驶去,时不时打个哈欠,样子颇为懒散。艺术家的船渐渐远去,划桨的声音越来越小,马努揣测过那个男人的过去,但他从来没有细想过,更别提当面问及这个问题了。

马努停下船，在岸边瞎忙活了一阵子，尽量拖延回去的时间。连爬陡坡的时候都要东张西望，不把周围的风景欣赏个遍就不安心上路。走着走着，眼前出现了一座灰色的小农舍，旁边是一座开放式厨房，厨房的墙壁被油烟熏得黑黢黢的。一堆圆形的石头垒成了一个壁炉，上面架着一口黑漆漆的锅。厨房里还有一小片烟草地，里面的烟草长势喜人，丝毫没有因为霜冻而枯萎。在某一块石头下面藏着家门的钥匙。艳阳高照，马努养的观赏鸟在尽情欢唱。他不知道这只鸟的名字，平时也没怎么见它，但他听得出它的叫声。伴随着悦耳的鸟鸣，他一声不响地进了屋。

家中一切如旧。妻子贾汉娜远远地躺在角落里的一张床上——无论是醒着还是睡着都无所谓了，因为这么多年来，她一直瘫痪在床，连说话能力都受到了影响。正因为说话困难，她开发了用眼神说话的能力，家里的人——尤其是女儿吕蒂一看到她的眼睛就能猜出她想说什么。马努家的气氛总是那么和谐……这让很多人叹为观止。人们不知道马努一家是怎么维持生计的，他们也想不通为什么贾汉娜的床单被套总是那么干净，一点污迹也没有。诚然，在外闯荡的儿子卡勒作为一个生活安定、收入稳定且颇有名望的单身汉，时常给家里写信，每次来信都会给母亲捎点"小东西"，但他给的钱对这个家也只是杯水车薪……

吕蒂还小，但她习惯了一有动静就马上醒来，因此当父亲进门时，她醒了过来。

"你妈妈还好吗?"马努问道,其实他也只是随口一问。

"嗯。"吕蒂动也没动,就应了一声。

马努在开放式厨房里无精打采地瞎忙活,屋里的光线越来越亮,他甚至还在外头找了点事做。这时候,他听到了车子离开泰利兰塔家的声音。难道叙耶迈基家还有什么别的事情吗?

马努虽然心生疑问,但他并无恶意。带着这样的疑虑,他关上了门廊坚实的木门。

艺术家在划船回家的途中也听到了泰利兰塔家传来的车声。这是他今晚第二次踏上回家的旅途了,只不过这一次,他的心情和之前大不相同。虽然他也不急着回家,但他对自己要走的路线非常明了。船行至某处,他回头看了看,然后继续往岸边进发。小船靠岸后,他毫不犹豫地往家走去。走到半路,他听到车子离开泰利兰塔家的声音。此时此刻,阳光洒满了大地,明媚的阳光在他身上产生了神奇的效果。他感觉自己跟其他人没什么不同,无论是泰利兰塔老爷,还是马努,抑或是其他人,他们都是他的缩影。他曾经在那边的山头迎着朝阳释放了自己的青春,感觉自己又年轻了一把。他进了屋——上次出门后,老婆还没锁门。他脱下衣服,上了床,把身边的老婆拥在怀里。老婆什么也没说,也没睁开眼睛,只是抱了抱他。

第四十八章

北方没有真正的夏夜。紫罗兰色的沉沉暮霭中,大自然奏响的轻柔乐章还未画上短暂的休止符,清晨的小提琴就激情澎湃地奏响了第一曲高昂而清晰的旋律,其他的乐器随即跟进。受此感染,云雀纷纷冲上云霄,成百上千只黄莺齐声啁啾,歌声震天,感觉它们就像是在用生命歌唱——但这些小不点还不及拇指大小……

这里的夏天没有黑夜,那些世代生活在北方的生灵,无论是鸟兽还是人类,都不需要多少睡眠。当叙耶迈基-亚尔马里把折腾了一夜的马送回奥利拉家时,这匹马根本就不趴下来休息,而是一个劲地吃着牧草。它不时抬起头来看看四周,打打响鼻。当亚尔马里把笼头挂回原来那棵杜松树枝上时,女佣埃米那张松弛的脸立刻出现在面包房窗口——她显然是来看笑话的……不过这也可能是亚尔马里多想了,毕竟北方人在夏天都不怎么睡的。

海尔卡走下偏房的台阶,阿尔维德跟在后面。

从医生家回来的路上,两个人都没怎么说话。

"那个刚出生的宝宝多可爱、多干净呀。"海尔卡带着娇嗔而空灵的声音说道。

"嗯,她的母亲也是。"阿尔维德回应道,"没想到一个女人在那种时候也可以很美。当然,那个佃农的妻子本来就长得漂亮,不过你注意到了吗,当她看着孩子时,苍白的脸上立刻焕发出喜悦的神采,这种喜悦是崇高而纯洁的。这个世界上没有什么事物比纯洁的母爱更美。这份爱在孩子安全降生时总是表露无遗,在孩子牙牙学语、蹒跚学步时也是如此。我曾经好几次看到过这样的年轻妈妈,她的双眼、皮肤乃至全身散发出一种少女般天真无邪的美。"

"那她老公就更有福气了。"海尔卡带着甜美而亲昵的语气说道。

这就是他们从医生家回来的路上说过的话。

到家后,海尔卡匆匆地进了屋,阿尔维德跟在后面,又一次欣赏着她的步态。只见海尔卡一声不响地进了自己的房间,在里面待了一阵子。阿尔维德确信她一定会回到自己身边的。

她果真回到了他的身边，举手投足之间无不表现出满腔的热忱，感觉像是要把他看穿。

这天凌晨，两个人都睡得很浅，最先醒来的是阿尔维德。他似乎一直在做梦——又或者说，他一直在清醒地观察着眼前的幻象。在幻境中，太阳照耀着地球；地球上有一个把犁人和一个播种者，他们其实是同一个人；地球表面呈肤色，上面隆起的山峰和凹陷的低谷让他想起了女人的胴体……

刺眼的阳光照耀着阿尔维德的脸，臂弯里睡着他深爱的美丽姑娘，她全身放松着，毫无戒备地躺着，似乎只有这一刻，她才完全属于他。他轻轻地拂去她鬓角的一绺棕发，长久地轻吻着那张散发着淡淡清香的面庞。

姑娘睁开眼凝视着他，凝视着这个属于自己的男人。她带着蒙眬的睡眼懒洋洋地问道：

"我有你昨晚提到的那个年轻妈妈那么美吗？"

阿尔维德没有用言语回答她。

"看哪，这里的黎明静悄悄的，多么美好。但是用不了多久，新的一周就要开始了，人们又要焦头烂额地去忙自己的事情了。"

"繁忙的景象也自有它的美。"

"嗯，也是。不过最美的地方莫过于庄严的地方。看看这座老宅吧，它的气氛多么威严，这种气场是漫长的时光中慢慢形成的，跟今天住在里面的人毫无关系。对我来说，这间古老的洞房就像神殿一样，我不想因为一些凡俗的念头和话语而搅扰了这里的气氛。我觉得我们该出去了——差不多要开始干农活了，我得做好准备。我觉得我得在农场里的人醒来之前离开这里。"

"我跟你去。不管你去哪儿，我都跟着你，直到永远……噢，我该怎么承受这样的情感——我一时想不起该用什么词形容它。我只知道至今为止发生的所有事情都与它有关。"

"我们先走吧。让我们给这两个美好的夜晚落下圆满的帷幕。终有一天，当我们回到这些房间时，这里将是我们充满回忆的地方，它不会让我们想起任何繁杂的琐事。如果我们必须为琐事而烦忧，那就去其他地方把它们一并解决吧！"

两个人离开了房间，他们在夏日的清晨相伴而行，步履轻快地踏上了阳光明媚的乡野小径。